"인생은 초콜릿 상자와 같은 거야.
네가 무엇을 고를지 아무도 모른단다."

-영화〈포레스트 검프〉中-

오늘도 × 좋아하는 일을 × 하는 중이야

오늘도 × 좋아하는 일을 × 하는 중이야

러닝 전도사
안정은 지음

불확실한 미래 때문에
그때의 나처럼 힘든 너에게

서랍의날씨

나는 좋아하는 일을 하고 있을까?

얼마 전, tvN 〈유 퀴즈 온 더 블럭〉의 '직업의 세계' 특집을 본 적이 있다. MC 유재석 씨는 해당 프로그램에 출연한 배우 정우성 씨와 웹툰작가 조석 씨에게 "지금 하는 일에 얼마나 만족하냐?"라고 물었고, 그 질문에 정우성 씨는 "배우라는 직업의 만족도는 100퍼센트이고, 이 직업을 택한 것을 후회해본 적이 없다"라고 말했다. 조석 씨 또한 "웹툰작가라는 직업을 '너무 좋아하면 안 되지 않을까?'라는 생각이 들 정도로 좋다"라고 답했다.

그들의 확신에 찬 대답에서 누군가 나에게 '작가로서의 직업 만족도'를 물어보면 어떻게 대답할지 잠깐 생각했다. 그런데 내 대답은 그들처럼 그렇게 긍정적이지만은 않다. '글 쓰는 일'이 그렇게 즐거운 일만은 아니기 때문이다. 즐겁기보다는 오히려 고통스럽고 괴로운 쪽에 가깝다. 내 천직이라는 생각도 하지 않기에, 언제든 재빨리 '빤스런'을 할 마음의 준비도 하고 있다. 그런 와중에 진짜 러닝을 하는 러닝 전도사 안정은 작가의 《오늘도 좋아하는 일을 하는 중이야》를 읽게 되었다.

이 책은 '비록 힘들어도 지금 하는 그 일을 좋아해봐'라든가, '결코 노력은 널 배신하지 않을 거야' 같은 다분히 교훈적이면서도 지루한 이야기를 하지 않아 좋다. 오히려 '힘들면 그냥 견딜 수 있는 곳으로 떠나' 혹은 '노력은 배신하지 않는다고? 아니 가끔은 배신도 해'라는 솔직한 위로를 건넨다.

나는 개인적으로 사람의 말보다는 행동을 믿는다. 그런 의미에서 안정은 작가가 진짜로 '좋아하는 일'을 하고 있는지는, 그녀의 말이 아닌 달리기를 할 때 표정을 보면 알 수 있다. 실제 8번째 직업을 향해 달려나가는 그녀의 삶의 궤적이 글에 신뢰성을 더한다. 책을 덮으면서 한 가지를 자문해본다.

"나는 좋아하는 일을 하고 있을까?"

생각해보니 분명 글 쓰는 건 괴롭고 고통스러운 일이지만, 나도 분명 좋아하는 일을 하고 있다. 책을 읽고 추천사를 쓰면서 오히려 '글 쓰는 일'에 힘을 얻었다. 다음 책이 나올 때까지, 오늘도 좋아하는 일을 포기하지 않고 할 수 있을 것 같다.

- 임홍택, 《90년생이 온다》 저자, <전국빨간차연합회(전빨련)> 회장

오늘 하루는 어땠어?

오늘 하루도 너는,
하늘에 구름이 있었는지 없었는지,
집 앞 나무의 잎사귀는 무슨 색깔이었는지,
바람이 어느 방향으로 불었는지
기억조차 나지 않을 만큼 바쁜 시간을 보냈겠지?

밤새 찾은 공채 정보에, 밤새 적은 자기소개서,
지난주는 토익 시험, 이번 주는 자격증 시험.
쏟아져 나올 것 같은 울음을 여러 번 참고,
사람들 앞에서 아마도 애써 밝은 척했을 거야.

지난날들을 돌이켜보면
취업에 목숨걸고, 이직을 망설이고,
삶의 방향에 대해 진지하게 고민할 때의 하루하루는 늘 조급했었어.

나름 열심히 뛰었다고 생각했는데, 결국 제자리걸음이란 걸 알았을 때,
내가 걸어온 길이 옳은 길인지 알 수 없었지.

부모님이 정해준 길을 가는 것이 맞는지,
친구들은 자신의 길을 가고 있는 건지,
아니면 아닌 척을 하는 건지,
이 길대로만 가면 내 꿈이 이루어지긴 하는 건지,
마치 8차선 도로 한복판에
나 혼자 방황하며 서 있는 것만 같았지.

옆으로는 곧 치일 것처럼 쌩쌩 지나는 차들.
약해 보이고 싶지 않아
며칠, 몇 달을 삼키며 참았던 눈물이
결국 한꺼번에 터지는 그런 날이 많았어.

나도 모르는 사람들이 하는 이야기를
듣고 싶지 않아 닫았던 귀가
방문도 닫게 만들고, 마음도 닫게 만들었지.
어두운 밤이 되서야 공기마저 조용해지면
그때 폭포수처럼 눈물을 쏟아 냈어.
다음 날 아침이면 또다시 강한 척해야 하기에
눈물로 젖어 이내 딱딱해진 휴지 뭉치들을 휴지통에 몰래 버렸지.

그때 할 수 있는 건? 아무것도 없더라.

그저 앉아 있거나, 누워 있거나, 먹거나 마시거나.

그저 낡은 운동화 한 켤레 신고 밖을 달려

심장이 뛰는지 확인해보는 방법밖에 없었어.

죽은 사람처럼 멈춘 것만 같았거든.

땀을 내어 흐르는 눈물이 땀처럼 보이게 해야만 했어.

달음박질하면서 다 터트리고 나면

되레 기분이 조금은 개운해지더라구.

나는 누구보다 실패를 많이 했지만

대신 누구보다 홀홀 털고 다시 일어서는 법을 터득했어.

다양한 실패 사이에서

금방 일어설 수 있던 이야기를 이제부터 들려줄게.

이 길들을 헤쳐 나간 후 피니시 라인을 밟으면

너도 몰랐던 당당한 미소를 볼 수 있을 거야.

가야 할 길에 대해 생각은 해봤지만

언제부터 어떻게 시작해야 할지 모르겠다면,

신발 끈을 묶는 방법조차 모르겠다면,

지치고 힘들어 변화가 필요하다면,

이 책을 넘겨보면 좋을 것 같아.

때로는 나무라고 다그칠 수도 있지만
올바른 속도로 바른 길을 완주할 수 있도록 도와주는
페이스메이커가 되어줄게.
너에겐 조금은 낯설겠지만
달리기의 세계나 인생이나 다름없더라.

끝났다고 생각하는 길에서 새로운 길이 펼쳐질 거야.
그리고 그 길 끝에서 웃고 있는 너 자신을 만나게 될 거야.
이 책이 너의 인생에 작은 위로가 되면 좋겠어.

너의 엉킨 실타래를 명쾌하게 풀어줄 순 없지만
손잡고 함께 달려줄 순 있어.
불확실한 미래로 인해 삶이 불안하고 초조하다면,
지금부터 내 이야기에 귀 기울여줘.

러닝전도사
안정은

· CONTENTS ·

CHAPTER × 01

불확실한
미래 때문에 불안한 × '취준생'에게

CHAPTER × 02

힘들게 입사했는데
내 일이 아닌 것 같아 힘든 × '사회초년생'에게

CHAPTER × 03

막막하지만
또다시 새로운 일을 하고 싶은 × '퇴준생'에게

CHAPTER × 01

불확실한 미래 때문에
불안한

×

'취준생'에게

"아무리 노력해도 나만 계속 제자리걸음인 것 같아.
하라는 대로 공부하고, 하라는 대로 취업 준비했는데,
왜 내가 갈 곳은 없는 걸까?
내가 잘하는 일은 있을까? 내가 좋아하는 일은 뭘까?"

지금 꼭 하고 싶은 일이
있어야 하는 건 아니야!

새벽 4시가 되어도 눈이 말똥말똥해서
잠을 이루지 못한 날이 많았다.
눈이 말똥말똥해질 만큼
고민에 대한 답도 선명해지면 좋을 텐데,
실마리조차 구하지 못한 채
밤을 지새우는 날이 반복되는 그런 날들.

이불 속에 얼굴을 파묻고 오늘도 하루를 버렸다는 생각에,
결국 '하고 싶은 일이 없다'로 결론지어지는 날들.
무수히 많은 날들을 그렇게 보냈다.

하고 싶은 일이 없으니 이루고 싶은 일도 없고,
그렇다고 놀고 싶은 마음도 없다.
그저 무無의 생각만 공기 중에 흐르는 시간의 연속이었다.

그때는 남들이 우러러보는 거대한 목표,
남들이 좋아하는 직업에 너무 연연하며 살았다.

생각해보면 처음부터 1등이 목표가 아니었는데…….

우리는 하고 싶은 일이 없을 때,
또 실패한 인생이라고 생각이 들 때
타인과 비교하며 합리화하는 경우가 많다.
타인과 비교해 자신을 밑바닥까지 낮추기도 하고
타인과 비교해 자신을 하늘 높이 높이기도 한다.

비교는 그 순간만큼은 위로가 되지만,
나에게 도움되는 거라곤 아무것도 없다.
타인과 비교해 당장 마음의 위안을 얻는 것뿐,
결과적으로 끊임없이 타인을 성공하게 하고
스스로를 실패자로 만드는 지름길이니까.

정말 하고 싶은 일이 없다면,
앞으로 어떤 일을 해야 할지 모르겠다면,
게다가 무엇을 좋아하는지조차 모르겠다면,
혹시 하고 싶은 일이
다른 사람의 시선이나 기준 때문에
사라진 일들은 아닐까 생각해보자.

누구나 그 시기에 맞춰 하고 싶은 일이

지금은 수많은 실패와 도전 사이에서 넘어지고

또다시 일어서며 하고 싶은 일을 찾는 시간이 아닐까.

꼭 있어야 할 필요는 없다.
지금은 수많은 실패와 도전 사이에서 넘어지고
또다시 일어서며 하고 싶은 일을 찾는 시간이 아닐까.

좋아하는 일이 있어도, 또 원했던 직업을 가졌어도
나 또한 아직도 새로운 일, 하고 싶은 일을 찾고 있다.
다만 누구는 조금 빨리 찾고,
누구는 조금 시간이 필요할 뿐이다.
지금 당신은 그 시간을 지나고 있을 뿐이다.
조금 천천히 지나고 있을 뿐이다.

멀리 있는 목표보다
잡을 수 있는 목표부터

250킬로미터의 사막 마라톤을 달릴 때의 이야기다.
12킬로그램이나 되는 배낭을 메고
하루에 40킬로미터씩 7일을 달렸다.

매일 오전 8시에 출발해
빠르면 오후 3~4시에 베이스캠프로 돌아왔고,
어떤 날은 저녁 6시가 다 돼서 들어오기도 했다.
하루 종일 발을 짓눌렀던
신발인지 진흙 덩어리인지 구분할 수 없는 운동화를 벗으면
나도 모르게 '하' 하고 안도 섞인 짧은 신음이 터져 나왔다.

흙과 먼지로 뒤범벅된 발을 씻고,
땀과 소금이 섞인 얼굴을 물티슈로 닦고 나면
금세 어둠이 찾아온다.
그렇게 하루의 전부를
달리기에만 몰두해야 하는 거리가 40킬로미터다.

사막이다보니 아무것도 없다. 산도, 언덕도 없다.
간간히 있기는 하지만 평야가 대부분이다.
그저 저 멀리서 아지랑이가 피어오르고,
머리 위로는 독수리만 날아다닐 뿐이다.
코너를 돌자마자 저 멀리 희미하게
빨간 현수막으로 된 피니시 라인이 보인다.

'아, 드디어 다 왔다.
강을 건너느라 물에 젖은,
물이 쭉쭉 삐져나오는 신발을 이제 벗을 수 있다!
어깨를 짓누르고 골반을 조여 오는 짐 덩어리를
이제 내려놓을 수 있겠구나!'

속으로 환호성을 지르며 마지막 힘을 내어 달렸지만,
빨간 깃발과 나와의 거리는 좀처럼 줄어들지 않는다.
그래도 젖 먹던 힘까지 달렸다.
어라, 내 눈이 이상해졌나?
왜 피니시 라인은 달려도 달려도 가까워지지 않지?

러닝 시계를 힐끗 보았다.
눈이 침침한 것 같아 여러 번 꿈뻑 하고 다시 시계를 보았다.
1킬로미터 남짓 남았을 거라고 생각했는데,

러닝 시계는 32킬로미터를 가리키고 있었다.
아직 8킬로미터가 더 남았다. 절망스러웠다.

온몸에 힘이 빠지면서 더 이상 달릴 의지가 생기지 않았다.
분명 저 앞에 결승선이 보이는데
걸어도 걸어도 가까워지지 않는다.
아직 한참을 가야 할 그림의 떡이었고,
갖고 싶지만 닿을 수 없는 보석이었다.

때때로 이렇게 끝이 보이지 않는 순간이 찾아온다.
그때 발아래를 보는 습관이 생겼다.
때로 큰 목표보다
작은 한 걸음이 더 큰 동기부여가 된다.

저 앞에 결승선은 있지만
너무 멀리 있어서 때로는 존재하는지도 모를
허공의 결승선을 향해 달려가는 것 같다면,
바로 발아래, 잡힐 듯한 목표를 바라볼 때
힘이 날 때가 있다.

고개를 숙이고 지금 당장 앞에 있는 장애물 먼저
하나씩 건너가보는 것이다.

자칫하면 또 진흙 웅덩이에 풍덩 빠질 수 있다.

그 안에 무엇이 있는지 모르기에

그 안으로 더 깊숙이 빨려 들어갈 수도 있다.

바닥을 보고 집중해서 우선 내 앞에 떨어진

작은 언덕과 장애물들을 뛰어넘기로 했다.

어느새 진흙 언덕 구간을 넘었고, 다시 사막 구간을 달리고 있었다.

후, 이제야 조금은 피니시 라인에 가까워졌다.

멀리 있는 큰 목표도 중요하지만

그 목표가 너무 희미해 보이지 않는다면,

또는 손에 닿을 수 없는 거리에 놓여 있다면,

지금 당장은 발 앞에 놓인 장애물을

먼저 뛰어넘는 것이 도움이 된다.

그 또한 결국 목표로 향하는 길이다.

우선 내 발아래에 있는 과제들을 하나씩 도전해보고 이루다보면

어느새 목표가 눈앞에 서 있지 않을까?

빨간 현수막에 쓰인 'FINISH!'라고 말이다.

희미했던 빨간 피니시 라인이 선명하게 보이는 순간,

그때 고개를 빡! 들고 전력을 다해 달려가면 된다.

만약 그때 하루만에 250킬로미터를 달려야 했다면?

아마 나는 완주하지 못했을 것이다.

끝이 보이지 않는 커다란 목표 대신,

현실 가능한 40킬로미터라는 세부 목표로 나누었기에 가능했다.

끝이 보이지 않는다면,

바로 앞에 떨어진 한 발자국을 보자.

내가 감당할 수 있는 범위만큼 쪼개서 나아간다면

그 발끝이 향하는 곳에 곧 피니시 라인이 있을 것이다.

오르막길도 마찬가지다.

고개를 들어 저 멀리 바라보기보다는

허리를 약간 앞으로 숙여 바로 발아래를 보고 달리는 것.

그것이 큰 힘 들이지 않고

끝이 보이지 않는 오르막길을 꾸준히 올라가는 방법이다.

힘들면 그냥
견딜 수 있는 곳으로 떠나

나는 유독 좌석버스 3번 자리가 좋다.
어떠한 방해도 없이 나 홀로 조용히 있을 수 있는 자리,
오른쪽에는 커다란 창문,
정면으론 뻥 뚫린 고속도로가 한눈에 보이는 자리.
멍 하니, 하지만 속도감 있게 달려나가는 그 느낌이 좋아서
3번 자리를 좋아한다.

아무것도 하지 않아도 앞으로 나아가는 느낌이랄까?
그렇게 나는 울산에 갔다.
진짜 마지막 여행이라고 생각하면서,
돌아오는 표는 구매하지 않은 채.

여행 후 집으로 돌아오면
그토록 원했던 승무원을 포기할 수 있지 않을까?
이젠 너무 지쳐 더 이상 기다릴 수 없었다.
20대 초반만 되어도 몇 년 더 기다릴 수 있었다.

하지만 이 시기를 놓치면 신입사원으로 지원할 수 있는
마지막 기회마저 놓쳐버릴 게 뻔했다.
초등학생 때부터 먼 상상 속에서 그리워하고,
고등학교 내내 장래희망이었던 승무원을 잠시 뒤로하고
새로운 꿈을 찾아보기로 다짐하고 떠난 여행이었다.

왜 나만 비자를 받지 못하는지 모른 채
1년이란 세월이 지났다.
답장 없는 러브레터를 1년 넘게 홀로 적어 보냈다.
심지어 반송도 오지 않았다.
어디론가 사라져버린 건지 아닌 건지도 몰랐다.
보이지 않는 피니시 라인에 지칠 대로 지쳐버렸다.

그렇게 혼자 여러 번의 눈물을 삼키고,
그리운 사람이 떠오르지 않을 정도로 바삐 지내고,
나를 모르는 사람들 속으로 숨어버리고,
기약 없는 기다림 끝에 지도를 펼쳐 들었다.

울산은 한 번도 가보지 않은 곳이었다.
2박 3일 정도로 생각해서 딱히 짐이랄 것도 없었다.
그저 갈아입을 옷 몇 가지 정도?
신발은 신고 있는 운동화 한 켤레면 충분했다.

또르르.

그런데 갑자기 눈물 한 방울이 흐른다.

실연당한 기분이 이런 걸까?

휴대용 휴지 하나 없을 정도로 간소한 여행 가방이기에

옷소매에 눈물을 닦았다.

내가 3번 좌석을 좋아하는 또 다른 이유 중 하나,

오른쪽으로 고개를 돌려

눈물을 재빨리 훔칠 수 있기 때문이다.

'다 털어버리고 와야지.'

나에게 여행은 힐링이나 여유라기보다는 '도피'에 가깝다.

대학교 4학년, 졸업도 미룬 채 다녀온 2달간의 유럽 여행도

취업을 잠시 미루고 싶은 도피였고,

대기업을 퇴사하자마자 떠난 말레이시아 여행도 '도피'였다.

뼈저리게 무언가로부터 도망치고 싶을 때,

누군가의 손가락질을 피하고 싶을 때,

다가올 어려움에 조금이라도 멀어지고 싶을 때,

나는 늘 '여행'을 선택했다.

여행을 통해 늘 깨닫는 건? 집이 최고구나!

미래가 보이지 않을 때,

무언가로부터 멀리 도망치고 싶을 때,

나의 존재에 대해 부정하고 싶을 때,

세상에서 오염되고 상처받은 마음을 어딘가에 던져두고 싶을 때.

도피하듯 여행하는 것도 괜찮다.

매번 여행을 통해 명확한 해답을 얻은 건 아니었지만,
또 가야 할 길을 매번 찾은 건 아니었지만
다시 돌아갈 집에서는 해답을 찾을 수 있을 것만 같았다.

너무 바빠 사느라 10년 동안 한 번도 열지 않은,
장롱 한구석에 놓여 있는 먼지 쌓인 상자를 열면 실마리가 보일 것 같고.
다시 일상생활을 적응해볼 수(?) 있을 것만 같았다.
그 힘으로 다시 집으로 돌아오는 표를 예매하곤 했다.

도피하듯 여행하는 것도 괜찮은 것 같다.
미래가 보이지 않을 때,
무언가로부터 멀리 도망치고 싶을 때,
나의 존재에 대해 부정하고 싶을 때,
세상에서 오염되고 상처받은 마음을 어딘가에 던져두고 싶을 때.

스스로를 억압하고 감정을 누르기보다
힘들면 견딜 수 있는 곳으로, 또 피할 수 있는 곳으로
떠날 수 있는 용기가 우리에겐 필요할지도 모른다.

그 한순간의 도피가
우리 인생 전체를 좌지우지하지 않으니까.

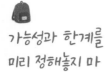

가능성과 한계를
미리 정해놓지 마

생계 유지를 위해 아르바이트를 하고 있었지만
중국에서 취업비자가 나오면
당장이라도 비행기 티켓을 끊고 떠날 심상이었다.
물론 돌아오지 않을 편도 티켓으로.

이것 보라며 당당히 중국에서 승무원 생활을 하며
그동안 받았던 설움을 되갚고 싶었다.
거대한 이민 가방은 늘 내 방 입구에 자리 잡고 있었고,
중국어 회화 책도 그대로 있었다.
승무원이라는 직업을 포기하지 못한 채
하루하루 달리기로 치유하는 삶을 이어나갔다.

그리고 2년이라는 시간이 흘러
두 번째 풀코스 마라톤에 도전하게 되었다.
내 인생에 풀코스라는 단어는 없을 줄만 알았는데
이내 두 번째 도전을 하게 된 것이다.
첫 번째 마라톤보다는 부담이 없어

편안한 마음으로 달리기를 시작했다.

두 번째 풀코스는 가을의 전설이라 불리는 춘천에서 거행되었다.
이제 막 여름이 지났던 터라 선선한 날씨는 달리기에 좋았고,
도시에서만 달리던 내게 단풍 속의 러닝은
비행기를 타고 날아다니는 기분이었다.
(그래도 중국행 비행기만큼은 아니었지만.)

춘천 마라톤에는 러너들을 응원하는 표어가 길가에 줄지어 있었다.
그 표어들을 하나하나 읽어가는 재미가 쏠쏠했는데,
그중 눈에 띄는 표어가 있었다.

"이 길이 끝나는 곳에서 새로운 길이 펼쳐진다."

달리는 와중에도 뒤를 계속 돌아볼 정도로
다시 보고, 또 다시 봤다.

'이 길이 끝나는 곳에서 새로운 길이 펼쳐진다고?
그게 무슨 뚱딴지같은 소리야?
길이 끝나면 끝나는 거지, 무슨 길이 펼쳐진다그래?
그냥 도착 지점이고, 그저 쉴 수 있는 피니시 라인 아닌가?'

4시간을 달리면서 생각하고 또 생각했다.
마치 러너스 하이*를 경험한 것처럼 무아지경에 빠졌다.

속도를 늦추고 싶은 순간은 있었지만 멈추고 싶지는 않았다.
빨리 도착해 그 해답을 얻고 싶었다.
나의 피니시 라인에는 무엇이 있을까 생각하며 4시간을 달렸다.
다소 무거운 생각과는 다르게
나의 두 다리는 이상하리만큼 가벼웠다.
내 몸은 피니시 라인이 눈앞에 보이고
완주 100미터 전이 될 때까지 날개 달린 듯 가벼웠다.

달리고 달려 피니시 라인에 도착했다.
하루 종일 기다리던 택배 아저씨를 마중 나가는 것처럼
두 팔을 크게 벌린 채 피니시 라인에 들어갔다.
이미 피니시 라인은 축제의 한 장면이다.

무아지경에 휩싸인 응원과 박수,
그리고 장내 MC의 목소리는
우리의 몸과 마음을 둥둥 띄우기에 완벽했다.

* 몸의 가벼워지고 머리가 맑아지면서 드는 경쾌한 느낌.

'내 길은 이것뿐이다'라는 생각이

되레 그동안 나의 가능성과 한계를

한정해놓은 벽이 될 수도 있다.

메달을 목에 걸었고 두 번째 풀코스를 마쳤다.
하나만 바라보며 달렸던 그 길이 끝났다.
그런데 정말 신기하게도 4시간 동안 고민하던
그 표어에 대한 의미를 단번에 이해하게 되었다.
그리고 나는 마라톤이 끝나는 곳에서
'승무원'이라는 직업을 깔끔하게 포기했다.

내가 할 수 있는 일이 승무원 말고 또 있지 않을까?
이 힘든 마라톤을 두 번이나 해낸 나라면,
그것도 행복하게 끝마친 나라면
무엇이든 새롭게 시작해도 못할 일은 없지 않을까?

내 길은 오직 하나라고 생각하며
그 길을 지켜왔건만,
오히려 그 길을 끝으로 고집을 버리니
수십 개, 수백 개의 새로운 길이 펼쳐져 있었다.

마치 오래된 우물 밖으로 나온 것만 같았고,
암막커튼 속에 갇혀 외톨이로 지내다가
우연히 나가본 밖에서 햇빛을 맛본 느낌이었다.

미래를 위해 하나만 고집하는 것도 좋지만,

그것이 다시 돌아오지 않을 시간을 잡아먹거나
영영 가망이 없어 보인다면,
빠르게 포기하는 것이 답일 수 있다.
'내 길은 이것뿐이다'라는 생각이
되레 그동안 나의 가능성과 한계를 한정해놓은 벽이 될 수도 있다.

보이지 않는 피니시 라인을 위해 계속 직진하기보다는
길 끝에 멈춰서 내 자신을 바로 바라보자.
혹은 눈앞에 있는 그 길의 끝지점까지만 달려가보자.
당장은 답도, 희망도 없을지라도
그 길 끝에서 해답을 얻을 수도 있고,
달려나가면서 뭐라도 해낼 수 있을 것만 같은
무아지경의 러너스 하이를 느낄 수도 있다.

너무 멀리 와서 불가능하다고?
되레 긴 길을 달려온 후에야 진짜 '나'를 만날 수도 있다.
끝날 것 같은 길에서 기다리고 있었던 것은
또 다른 '나'였다.

그 길이 끝난다고 해서
나의 존재가 사라지는 것이 아니라
그조차도 온전한 '나'였다.

오래 달리는 법은
천천히, 꾸준히밖에 없더라
(feat. 사막 마라톤)

눈앞에 보이는 거라곤 동물 뼈가 섞여 있는 거친 모래와
다듬어지지 않은 풀들, 그리고 아른거리는 태양뿐이다.
가르마 사이로 난 두피를 만져보니 손이 닿자마자 뜨겁다.
해가 이미 중천에 올랐다는 뜻.

몸이 움직일 때마다 들리는 물통 안의 소리는
물이 얼마 남지 않았는지 찰랑찰랑.
이미 많이 뛰어 왔고, 지칠 대로 지쳤다.
여전히 나는 몽골 사막의 어느 지점을 달리고 있었다.

이미 목표로 한 거리의 반 이상을 달렸기에
다른 선수들은 뜨문뜨문 점처럼 보였고,
대부분은 혼자 달리고 있었다.
달리다가 누군가가 보이면 혼자가 아니란 생각에
누가 먼저랄 것 없이 각자의 언어로 파이팅을 외쳤다.

꾸준히 모래 언덕이 있었고, 꾸준히 오르막이 있었다.
그중 가장 많이 스쳐 지나간 선수는 텐트 메이트인 '노리'.
노리는 한국을 참 좋아하는 친구다.
대학 시절의 일부를 한국에서 보낸 만큼
한국에서 젊은 날의 추억이 많았다.
전 여자친구도 한국에 있었고, 한국말도 제법 했다.

사막 마라톤 중, 가장 어렵다는 칠레 아타카마 사막을
이미 완주해버린 그는 고독한 사막을 달리는 방법을 터득한 듯 보였다.
하지만 그의 달리기는 결코 빠르지 않았다.
걷는 것보다는 빠르고, 조깅보다는 느린 정도?
그저 습습후후(달리기 호흡)를 잘 지키며
꾸준히 쉬지 않고 앞으로 나아갈 뿐이다.

하지만 나는 숨통을 조이는 가방의 버클 때문에
조금만 달려도 금방 숨이 찼다.
게다가 가방 무게가 무려 12킬로그램!
마치 칭얼거리는 아이를 등에 업고 달리는 기분이랄까?
나는 달리다가 멈추기를 반복했다.

달릴 때는 노리를 한참이나 지나쳤지만 나는 곧 걸었고,
그럼 노리는 나를 따라잡았다.

나는 다시 달려 그를 따라잡았고,

머지않아 숨이 차 멈추면 그때는 또 노리가 나를 따라잡았다.

마치 토끼와 거북이가 경주를 하는 것처럼.

일부러 경쟁을 한 건 아니지만

그렇게 엎치락뒤치락 서로 몇 번 마주치다 헤어지고를 반복하니

어느새 나는 호흡 조절 실패로 아예 걷게 되었다.

그 와중에 느리게나마 꾸준히 나아간 노리는

한 번도 멈추거나 속도를 늦추는 일이 없었다.

나는 분명 힘껏 빠른 속도로 달렸고,

달릴 때마다 그를 지나쳤지만

결국 먼저 메달을 목에 건 사람은 느리더라도 꾸준히 달린 노리였다.

한참이나 먼저 피니시 라인을 넘어

이미 저녁식사를 끝마친 그를 보며 왠지 모르게 부끄러웠다.

그 해 10월, 100킬로미터를 달리는 제주도의 한 대회에서

그는 당당히 1등을 차지했다.

얼핏 보면 느려 보일지 몰라도 그는 결코 느린 러너가 아니었다.

장거리 대회를 달리는 비법을 누구보다 잘 알고 있었다.

나는 그 이후 그해 가을까지 달리기를 쉬어야 했지만,

지금 당장은 내가 빨라 보이고,

남들보다 대단한 우위에 있는 것 같지만

오버페이스 때문에 이내 달리기를 곧 멈추고 만다면

빨리 달리는 건 아무 의미가 없다.

노리는 무리 없이 달린 덕분에
250킬로미터의 장거리 달리기 후에도 어떤 통증과 후유증도 없었다.

지금 당장은 느린 것 같지만
큰 힘 들이지 않고 에너지를 비축하면서 천천히 꾸준히 달리는 것이
결국에는 목표와 더 가까워진다는 사실을 나는 그때 노리를 통해 배웠다.

지금 당장은 내가 빨라 보이고,
남들보다 대단한 우위에 있는 것처럼 보이지만
오버페이스 때문에 이내 달리기를 멈추고 만다면
빨리 달리는 건 아무 의미가 없다.

내 인생만 느린 것 같다는 생각이 들 때
다른 이들처럼 빨리 달리고 싶다는 생각이 들 때 생각한다.

그럴수록 천천히 가야 한다고.
조급해질 때마다 그렇게 나를 다독인다.

노력은 배신하지 않는다고?
아니, 가끔은 배신도 해

슬프게도 달리기를 할 때마다 매번 성취감을 느끼는 건 아니다.
그저 그럴 때도 있고, 패배감에 사무칠 때도 있다.
투자한다고 해서 매번 성공하는 것도 아니다.
노력은 배신하지 않는다지만 가끔은 배신도 한다.
그럴 때면 불쌍한 내게 세상마저 등돌린 기분이다.

그날의 온도와 컨디션에 따라
내가 목표로 했던 것에 성공할 수도 있고,
완벽하게 패배할 수도 있다.
기대만큼 결과가 나오지 않으면 상실감에 빠지기도 한다.

하지만 신기하게도 작은 상실감과 아쉬움은
오히려 득이 될 때가 많았다.
세상의 수많은 시선과 손가락질 속에서
나라는 존재를 지키기 위해 실패를 인정하는 중요한 포인트다.
절대 놓치지 말아야 할 귀한 시간들이다.

초등학교 때 전교생 앞에서 창피함을 겪고 나서야
무대에 서는 법을 배웠고,
맞지 않는 전공 덕분에 되레
정말 원하던 직업에 더욱 간절해질 수 있었다.

그럼에도 실패는 여전히 가슴이 아프고,
걱정 없이 살아가는 수많은 황금수저들처럼
나도 실패 없는 인생을 살아가고 싶다.

42.195킬로미터의 마라톤 풀코스를 달릴 것도 아닌데
이렇게까지 열심히 달려야 할 이유가 있을까 싶지만,
우리는 매 순간 인생이라는 마라톤을 통해
결승선을 넘는 연습을 하고 있는지도 모른다.

누군가는 힘들게 넘을 수도 있고,
누군가는 아무렇지 않게 넘을 수도 있다.
또 누군가는 희열에 차 넘기도 할 것이다.

어떻게 넘든,
레이스를 끝내는 순간이 내가 정의되는 순간이다.
나를 증명해나가는 과정을 통해
성공이 실패가 되기도 하고, 실패가 성공이 되기도 한다.

내가 정한 결과를 온전히 바라보고 인정할 수 있다면

앞으로 내가 원하는 대로 삶을 이끌 수 있다.

어른이 되면서 점점 감정에 무뎌진다.
어릴 적에는 상처받고 울고, 고통받던 것들을
지금은 쿨하게 넘긴다.
순수함이 사라졌다는 속상한 의미일 수도 있지만
이건 내가 어떤 상황에서 넘어져도 별다른 마음의 동요 없이
다시 일어나도록 나를 지켜주는 하나의 방패막이다.

오늘도 운동화 끈을 단단히 묶으면서
우리는 한번 해보겠다는 결심을 하고,
자신의 기대를 넘어서고,
가끔은 그 기대를 넘지 못할 수 있다는 사실을 받아들이는
어른스러움을 얻는다.

살다보면 늘 뜻하지 않은 일들과 자주 마주한다.
순풍이 역풍으로 바뀔 수도 있고,
앞에서 갑자기 멈춰 선 누군가 때문에
뜻밖에 같이 덩달아 넘어질 때도 있다.
하지만 그때마다 멈추고 집으로 돌아갈 순 없다.
그럼에도 계속 달려야 한다.

바닷가재는 단단한 껍데기 안에서
답답함을 느끼는데

자신의 여린 살결을 보호하는 껍데기를 담보로
무서운 세상에 민낯으로 탈피한다.
이 과정을 수없이 반복하며
바닷가재는 더 큰 어른이 되기 위해 자라나고 성장한다.

노력에 비해 실패했다는 걸 인정하고,
라이벌에게 뒤처졌다는 결과물을 직시하고,
내가 내리는 결론을 믿고 따르면 된다.
그게 바로 건강한 어른스러움 아닐까.

날씨에 지지 않기

남산에는 달리기를 즐기는 많은 사람들이 있다.
남산은 서울 시내 중심에 있기도 하고, 차량도 없거니와
바닥은 충전재로 마감되어 있어 안전하다.
주변에 푸른 나무들이 우거져 공기가 맑고,
계절의 변화를 구경하는 재미는 덤이다.

뷰? 당연히 끝내준다.
특히나 주말이면 산책하는 이들과 달리는 이들이 한데 섞여
명동 시내보다 더 큰 활기를 띤다.

매주 토요일 오전 남산에서는
시각장애인 동호회 달리기 훈련이 있다.
시각장애인과 동반주자가 모여 서로의 팔에 끈을 묶고
남산 꼭대기를 향해 올라간다.
그들이 입은 형광 주황의 조끼는 한눈에 멀리서도 잘 보이고,
서로를 식별하기에도 좋다.
그들과 함께 달리지 않는 이들도 조끼에 쓰인 글씨 덕에
너도나도 파이팅을 외치며,

어느새 남산 순환로의 사람들은 한마음이 된다.

여름이든 겨울이든, 비가 오든, 눈이 오든
시각장애인 동호회분들은 남산에서 매주 달리기를 한다.
자주는 아니지만 종종 그곳에 찾아가 함께 훈련을 하던 어느 날,
시각장애인 마라톤 동호회 감독님께 여쭤보았다.

"눈이 불편하신 분들인데 비가 오나, 눈이 오나
매주 남산을 달리면 위험하지 않나요?"

돌아오는 답변은 나를 굉장히 부끄럽게 만들었다.
당장이라도 남산 꼭대기에서 아래로 뛰어내려
도망치고 싶었다.

"당신은 비가 오면 내일 뛰고, 눈이 와도 내일 뛰면 되지?
이분들은 당신들과 함께 뛰는 일주일에 딱 하루, 오늘만 기다려.
당신도 매일 달리고 싶을 때가 있잖아.
이분들도 똑같은 거야.
그래서 눈이 오나, 비가 오나 달리는 거야."

고개만 끄덕인 채 고개를 들 수 없었다.

내 마음이 불편하고 요동칠 때면 가장 만만한 게 날씨 탓이다.
춥고, 덥고, 미세먼지가 많고, 황사가 불고,
비가 내리고, 눈이 내리고
달리지 않을 이유는 너무나도 많다.
하지만 그건 달리지 못할 이유가 아니라,
내 마음을 편하게 만들어줄 이유였다.

어릴 때를 생각해보면 나가 놀고 싶을 때는,
비가 오나 눈이 오나 전혀 개의치 않았다.
나가 놀 수 없는 이유가 아니라
비가 오고 눈이 왔기 때문에 더더욱 밖에 나가 놀아야 했다.

날씨는 걷는 이와 달리는 이에게 전혀 걸림돌이 되지 않는다.
노란 장화에 노란 우비, 노란 우산을 깔로 맞춰놓고
비가 오기만을 기다리던 그때의 그 마음처럼
누군가에게는 소중한 순간들이고,
또한 누군가에게는 땀을 식혀주는 귀한 존재일 뿐이다.

비가 오면 그만 두고 싶고,
눈이 오면 쉬고 싶은 무언가가 있다면
그건 진정으로 원하는 일이 아닐지도 모른다.

달리지 않을 이유는 너무나도 많다.

하지만 그건 달리지 못할 이유가 아니라,

내 마음을 편하게 만들어줄 이유였다.

하기로 마음을 먹었다면,

그 일을 위해 다른 무언가를 포기할 정도로 굳은 결심을 했다면,

적어도 날씨에게 지는 어린 존재가 되는 것만은 피하자.

가장 만만한 날씨에게마저 져버린다면

앞으로 질 이유는 수도 없이 더 많아진다.

빗속을 달린다면,

혹은 빗소리를 들으며 무언가를 한다면

쨍한 날씨에 했던 무언가보다 보람과 뿌듯함이 더 크다.

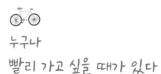

누구나
빨리 가고 싶을 때가 있다

나만의 페이스를 유지한다는 게
얼마나 어려운 일인지 처음엔 몰랐다.
그리고 잘못된 페이스를 알려주는 사람 또한 얼마나 위험한지도.
그저 내 속도에 맞춰서 달리면 되는 간단한 문제라 생각했다.

마라톤 대회 직전은 긴장감과 두근거림이 묘하게 섞여 있다.
저 멀리서 몸을 풀겠다고
이미 1킬로미터를 내달리는 사람도 있고,
긴장감에 화장실을 여러 번 들락날락하는 사람도 있다.
아무튼 나는 마라톤 직전의 이 간지러움이 좋다.

'탕-' 하고 총성이 울리면 일제히 사람들은 앞으로 달려나간다.
나를 제외한 모든 그룹이 앞으로 달려갈 때면
때론 뒤처지거나 패배한 기분이 들지만,
그럴 때마다 발을 더욱 굴려 쫓아가려 애쓴다.
하지만 빠르게 굴러가는 건 발이 아닌 내 심장뿐.

"헉, 죽을 것 같다."

뒤떨어지면 무리에서 영영 낙오될 것 같아
애써 괜찮은 척하며 뒤꽁무니를 따라가보지만
옆구리를 장대로 찌르는 듯한 고통이 밀려온다.
다리도 휘청거린다.
결국엔 얼마 가지 못해 나는 그들과 점점 멀어진다.
아, 정신이 혼미하다.

자신을 한계에 몰아붙인 채 앞만 보고 따라가는 거?
물론 좋다.
하지만 나만의 페이스를 잃고
오버페이스를 하면 중간에 낙오하기 쉽다.

10킬로미터도 달릴 수 있는 나지만
5킬로미터도 가지 못해 무너지고 만다.
혹은 10킬로미터를 한 시간 안에 완주할 수 있지만,
초반에 너무 힘을 뺀 나머지 정작 1킬로미터 남짓 했을 때
결과적으로 더 늦는다.
마지막 스퍼트로 힘을 쏟아야 하지만
이미 벌렁거리는 심장을 쉽게 잠재우지 못한다.

어느 타이밍은 빨리 달려보기도 하고,

어느 타이밍은 밍기적거리며 달려보기도 하고.

중요한 건 '속도'가 아니라 '방향'이다.

실제 주위 분위기에 휩쓸려
경주마 같은 출발의 흐름에 덩달아 같이 달려나가거나,
컨디션이 좋다고 해서
한 번도 달려보지 않은 빠른 속도로 달리면
레이스 중반에 다리가 움직이지 않는다.

왜 오버페이스를 할까?
일이든 공부든 오버페이스를 할 때는
내가 아닌 타인에게 중심이 맞춰져 있을 때,
온전히 나에게 집중하지 못할 때이다.

'적어도 저 사람은 따라가야 해!'
'저 사람은 왜 이렇게 빠른 거야?'
'설마 나 혼자만 뒤처지는 게 아닌가?'

오직 내가 가야 할 길, 달려야 할 방향,
그리고 지치지 않고 꾸준히 달려나갈 수 있을 정도의
나만의 속도면 충분하다.
중심은 나로부터 시작해야 한다.

'누가 대단한 성공을 이뤄낼지라도
나만의 속도로 나만의 길을 달려나가리라!' 다짐하지만,

빠른 속도로 나를 제치고 앞으로 나아가는 친구를 보면
이상하게 마음이 불편해기도 하다.

'어… 어라? 저 친구는 왜 이렇게 전속력으로 달려나가는 거지?
나도 저렇게 달려야 하는 건가? 저 길이 맞는 거야?
모두가 저 길로 가네?'

집중해보려 이어폰을 끼고 다시 집중하지만,
계속 슬쩍 눈길이 간다.
나만의 페이스를 지킨다는 건 그만큼 어렵다.
분명 같은 레이스를 달리고 있었는데,
중간에 다른 길(취직을 했거나, 취집을 했거나)로 환호성 지르며
새버리는 친구들도 눈앞에 보인다.

분위기에 휩쓸리다보면 구간이 나눠지는 곳에서
나도 모르게 다른 코스로 접어들게 된다.
그럼 처음 출발선에서 다짐했던 목표와 점점 멀어진다.
완주해도 내 코스가 아니라면? 최악의 상황이다.
끝까지 나의 코스를, 나의 목표를 고집해야 한다.

앞으로 치고 나가는 이의 뒷모습에 외치자.
그가 먼저 앞서가는 것이 아니라

내가 그를 보내는 것이라고.

"우와, 엄청 빠르네요! 잘 가요!
나는 길가에 핀 꽃들 구경하며 갈게요."

여유롭게 인생을 즐기려면 빨리 가는 친구들을
경쟁 상대가 아니라 '주변인'이라 생각하는 거다.
약간은 이기적으로 내가 주인공이고,
나머지는 모두 조연이라고 생각하는 거다.

혹은 피니시 라인을 조금 더 멀리 잡아보는 건 어떨까.
당장 눈앞에 있는 '취업, 고민거리, 합격, 자격증'이 아니라
은퇴 지점 말이다.

은퇴하는 날이 목표라고 생각하면
사실 어느 때 취업을 하든, 합격을 하든, 승진을 하든,
결혼을 하든, 명예를 누리든, 권태기가 오든 다 무슨 소용일까.

그저 피니시 라인까지 펼쳐져 있는
희노애락을 즐기다가 마무리하면 된다.

어느 타이밍은 빨리 달려보기도 하고,

어느 타이밍은 밍기적거리며 달려보기도 하고.

중요한 건 속도가 아니라 방향이다.

비교하려면
'어제의 나'와 '오늘의 나'를 비교할 것

SNS는 파라다이스다.

걱정과 외로움은 없고 행복과 기쁨, 열정과 풍요로움만 넘친다.

SNS를 둘러보다가 자괴감에 빠져 우울한 상태로

핸드폰을 던져버린 경험이 있다(물론, 소심하게 소파 위로 던진다).

이름도 사는 곳도 모르는

정사각형 안의 사람들에게 하는 질투는

나를 비참하게 만든다.

가까운 친구에게는 말할 것도 없다.

"나는 늘 왜 통장잔고를 따져가며 밥을 먹어야 할까."

"나도 예쁨 받고 싶다."

"나는 왜 늘 뒤처지고, 나는 왜 그런 생각을 하지 못할까."

아무리 쫓아가려 해도 쫓아갈 수 없는

런닝머신 위의 내 모습이 그냥 내 처지 같아 보일 때가 있다.

"누구는 대기업에 들어갔다더라."
"누구는 부잣집으로 시집갔다더라."
"누구는 주택청약에 당첨됐다더라."

묻지도 않았는데, 궁금하지도 않은데
신경 쓰지 않으려 아무리 눈과 귀를 막아도
여기저기서 계속 소식이 들려온다.

나는 유독 질투가 많은 아이였다.
좀처럼 나에게 집중하지 못하고 남들과 비교하며 자랐다.
저 친구가 가진 인형은 나도 가져야만 했고,
저 친구가 배운 악기는 나도 한번은 튕겨봐야 했다.

심지어는 어릴 적 친오빠와도 비교하며
나를 틀 안에 맞추려 안간힘을 썼다.
오빠가 학급에서 반장을 하면 그럼 나도 기어코 반장을 했다.
오빠가 철봉 매달리기에 성공하면, 그럼 나도 죽어라 매달렸다.
오빠가 김치를 먹으면, 나도 눈물, 콧물 흘리며 참고 먹었다.
그렇게 뱁새가 황새 따라가려다
가랑이가 몇 번이나 찢어졌는지 모른다.

다른 사람과의 비교는 스스로를 힘들게 한다.

내 일에 집중하지 못해 결과는 당연히 좋지 않고,
자존감은 점점 바닥을 치니 스트레스만 쌓여 간다.
친구의 축하 자리에서 진심으로 축하하지 못해
낙동강 오리알이 되고,
민낯은 점점 어두워지니 복이 들어올 리도 없다.

인정받지 못하고 고립됨을 느끼고 있었을까.
낮아진 자존감은 자주 충동구매로 이어졌다.
충동적으로 산 옷들은 머지않아 한철을 넘기지 못한 채
쓰레기통으로 향할 거라는 걸 알아도,
여전히 부족해 보이는 나의 마음을 달래줄 방법은
쇼윈도에서 스포트라이트를 받는 저 원피스를
내 것으로 만드는 것이었다.

'달리기'를 접하고
가장 첫 번째로 얻은 부록 같은 선물은
'비교 대상의 변화'였다.
헉헉대는 내 호흡을 조절하기 위해
어느 순간 내 몸과 마음에만 집중하고 있는 내 자신을 발견했다.

자동차 경적 소리가 시끄러워도,
환한 불빛이 내 눈길을 사로잡아도,

나의 관심은 용케도 나의 내면에 머물렀다.

"어제는 5킬로미터를 달렸는데, 오늘은 6킬로미터를 달려볼까?"
"어제보다 1초 더 빨리 뛰었네?"
"좋아, 잘했어!"

분명 어제와 다른 나의 모습이었다.
어제의 나와 비교하는 방법을 터득한 것이다.
달릴 때의 몰입감과 완주 후의 성취감은
낮았던 자존감을 거짓말처럼 높여주었다.
마치 자존감 적금통장이 생긴 기분이었다.

나도 시드머니 있다구! 외치고 싶을 정도로
다른 사람의 시드머니는 궁금하지도 않았다.
마음이 편하니 자존감이 다시 올라갔고
남과 비교하지 않으니 스트레스도 줄어들었다.
친구의 성공도 진심으로 마음 담아 축하해줄 수 있었다.

나는 여전히 충동으로 빵을 대량구매하기도 하지만
계획 없는 옷과 화장품의 충동구매는 확실히 줄었다.
나를 아름답게 가꿔줄 것은
겉모습이 아니라 내면에 있다는 걸 이제는 안다.

오래두고 가치 있는 것은

한철 입고 버리는 옷이 아니라

단단함으로 무장된

남과 비교하지 않는 나의 모습이었다.

오래두고 가치 있는 것은
한철 입고 버리는 옷이 아니라
단단함으로 무장된 남과 비교하지 않는 나의 모습이었다.

오늘도 그렇게 나는 운동화를 신고
남이 아닌 나의 인생을 만든다.

숫자에
나를 가두지 않기

도전을 두려워하는 이유는 딱 한 가지다.

"실패!"

혹시나 실패해 손가락질을 받지 않을까,
아니면 내가 받을 상처가 걷잡을 수 없이 커질까 싶어
도전을 두려워한다.

인간의 몸은 참 정직하고 바르다.
두 번째 풀코스 마라톤을 도전했을 때에는
그 어떤 장거리 훈련도 하지 않았다.
그저 20킬로미터 내외의 거리를 멈추지 않고 꾸준히 연습했다.

결과는 믿을 수 없었다.
오르막이 많아 힘든 대회라고 소문난 춘천 마라톤에서
50분을 단축해 개인 최고기록을 갱신했다.

한번 몸이 경험해보고 달려보았다는 사실은
나를 지치지 않게 도와주고 두려움을 잊게 만든다.
처음 풀코스를 달릴 때에는
그 길 끝에 무엇이 있는지 가늠할 수 없어 더 두려웠다.

처음엔 바로 1킬로미터 앞도 예측할 수 없었지만
이제는 무엇이 놓여 있을지 안다.
설령 미칠 듯한 무릎 고통이 기다리고 있다는 걸 알아도
모를 때보다 훨씬 큰 마음의 준비를 할 수 있다.

만약 첫 풀코스의 기억이 쓰라린 아픔으로만 포장되어
두 번째 풀코스 마라톤에 도전하지 않았더라면,
나는 지금 러너로 남지 못했을 것이다.

만약 두 번째 100킬로미터 울트라 마라톤에 도전하지 않았더라면,
자연을 즐기는 방법을 미처 깨닫기 전에
산과 멀리 하려 했을 것이다.
그래서 도전의 맛을 아는 러너들은
계속해서 거리를 늘려가며 자신의 한계를 늘려간다.

장거리를 달리는 풀코스,
혹은 100킬로미터 달리기에만 국한된 것이 아니다.

첫 번째의 기억이 두려움으로 가득 차버리면

두 번 다시 도전하는 게 두려워진다.

그래서 첫 도전에는 숫자에 나를 가두지 않는 것이 중요하다.

건강하게, 즐겁게, 도전 자체에 의미를 두고,

그 순간에 느껴지는 감정에 집중하자.

10킬로미터를 처음 달린 사람은 10킬로미터도 힘들고,
5킬로미터를 처음 달린 사람은 5킬로미터도 힘들다.

처음에는 5분을 꾸준히 달리기에도 버거웠다.
숨이 턱끝까지 차올라 주저앉았다.
하지만 머지않아 5킬로미터쯤이야 하며 거뜬히 달리기도 하고,
10킬로미터 단축 마라톤을 완주하기도 했다.

공부도, 일도 똑같다.
처음엔 수학 공식이, 영어로 된 글이, 단군시대부터 시작된 역사가
무슨 이야기인지 이해되지 않았지만
다시 처음으로 돌아와 한 번 더 읽고,
또 한 번 더 읽으면 어느새 내 머릿속에 그림이 그려진다.
기분이 좋아지는 그런 순간이 온다.
그 한 번의 고비를 넘는 게 가장 중요하면서도 가장 어렵다.

자격증 시험에 떨어졌다 해서,
원하는 시험 점수가 나오지 않았다고 해서 내 길이 아닌가보다,
내 적성에 안 맞나보다 생각하기엔 이르다.
딱 한 번만 더 해보면 처음 겪었던 스트레스와는 다르게
조금 가벼운 느낌으로 다가오는 순간이 있다.

첫 번째의 기억이 두려움으로 가득 차버리면
다시 도전하는 게 두려워진다.
그래서 첫 도전에는 숫자에 나를 가두지 않는 것이 중요하다.
건강하게, 즐겁게, 도전 자체에 의미를 두고,
그 순간의 감정에 집중하자.

도전 자체가 즐거운 추억과 자신감으로 기억되어야
몸은 힘들어도 즐거운 기억으로 남아 다시 도전하게 된다.

눈 딱 감고 딱 한 번만 더 달려보자.
그 길 위에는 나도 모르게 새롭게 무장된
단단한 사람이 달리고 있을 것이다.

7번의 퇴사, 7번의 실패를 했어

나는 참 부끄러움이 많은 학생이었어.
사람들 앞에 서는 것이 두려웠고,
내 생각 한번 제대로 말하지 못해 원치 않는 일들을 하기도 했지.
친구의 과제를 대신해준다던가, 하기 싫은 일을 억지로 한다던가.

의도치 않게 학교 무대 위에 올라 발표를 해야 하는 시간에는
손이 떨리는 것도 모자라 염소 목소리마냥 바르르 떨기만 하고 내려왔지 뭐야.
얼마나 창피하고 도망가고 싶었는지 몰라.
이 단점을 극복해낼 만큼 신체적으로 건강했던 것도 아니야.
폐에 작은 구멍이 생겨 계단을 오르내리기도 힘들었거든.
조금만 걸어도 숨이 턱끝까지 차올랐어.

그렇다면 나는 꿈을 단번에 찾은 걸까? 천만에.
나는 7번 퇴사를 했고, 7번의 실패를 겪었어.

그리고 지금의 꿈을 찾게 되었지.
어른들의 칭찬을 좋아했던 착한 아이 콤플렉스가 있어서
반항 한 번, 가출 한 번 해보지도 못했어.
늘 있는 듯 없는 듯 조용한 아이였지.

그럼 운이 좋았던 걸까?
돌고 돌아 어렵게 찾은 승무원의 꿈을 위해
중국어 공부, 영어 공부, 다이어트까지 몰두하며
친구들과의 연락도 단절한 채 어렵게 합격의 꿈을 이뤘어.

하지만 200명 합격자 중 단 1명, 나만 유일하게 취업비자를 받지 못했어.
이유는 지금도 몰라. 그냥 불운이었지.
직장 내 왕따에서 우울증, 생리불순까지.

아마 너도 그때의 나처럼
"이것이 나의 길이고 나의 꿈이다"라고 자신 있게 말하고 싶을 거야.
하지만 왠지 모를 두려움 때문에
주머니 속에서만 만지작만지작하고 있지 않니?
고이 간직한 꿈은 자주 꺼내 봐야 하더라구.
오래 보아야 예쁘듯이, 자주 들여다보고 자주 꺼내 봐야 하더라구.
그 길이 나의 길인지 알고 싶다면 정말 그 길을 달려봐야 하듯이.

오랜 시간 간직만 하면 꿈이 주머니 속에 언제 들어 있었는지 모른 채
세탁기에 돌려질지도 몰라.
누굴 위한 꿈도 아니고 나를 위한 꿈.
우리 같이 한번 꺼내서 들여다보자. 지금부터!

CHAPTER 02

힘들게 입사했는데
내 일이 아닌 것 같아 힘든

×

'사회초년생'에게

"그토록 원하던 사회 첫발을 어렵게 내딛었어.
이제 모든 걸 이룬 것만 같고 고생은 끝난 것 같아.
그런데 막상 사회생활을 해보니
내가 생각한 것과는 달라도 너무 달라.
죽도록 힘들게 달려서 들어왔는데
왜 하나도 행복하지 않은 거지?"

외향적으로 보이려고
애쓸 필요 없어

수백 명 앞에서 강연을 하고, 프로젝트를 주도하고,
대학로에서 연극배우를 하고,
수십 명의 리더가 되어 앞을 달리는 나는 사실 내성적이다.
세상에 둘도 없는 외향적인 성격 아니냐고?

아직도 어리숙한데 등 떠밀리듯 성인이 되고,
달리기를 시작하며 완벽히 외향적으로 바뀌었다고 생각했지만
나는 여전히 내성적이다.
일이 없는 날이면 혼자 있기를 좋아하고,
모자를 푹 눌러쓴 채 말 한마디 하지 않고 책을 읽거나 글을 쓴다.

함께 있을 때도 혼자이고 싶다는 생각을 하고,
혼자 먹는 밥이 더 맛있을 때도 있다.
더 어릴 때는 아무도 내게 말을 걸지 않았으면 좋겠다고 생각도 했다.

2주 넘게 태평양의 크루즈 위에서 시간을 보낸 적이 있었다.
인터넷도 전화도 터지지 않는 곳에서

오랜 시간 함께 있다보니 내가 어떤 사람인지 판단되었는지
누군가가 이렇게 말했다.

"정은 씨는 내성적인 사람이에요."

비밀을 들킨 기분이었다.
혼자 있고 싶어 혼자 조용히 밥을 먹었고,
갑판 위에 나가 혼자 걸었고, 흔들리는 배를 요람 삼아
빛나는 태평양의 바다 위에서 혼자 책을 읽었다.
할 일이 없으면 침대에 누워 하루 종일 잤다.

누군가에게 직접적으로 "정은 씨는 내성적인 사람이에요"라고 들으니
내 안의 작은 아이를 들킨 것만 같아 부끄러웠다.
인정하지 않았다. 아니 인정할 수 없었다.
당황스러운 마음에 그렇지 않다고 얼버무렸지만
"사람들 앞에 서는 정은 씨는 사실 내성적인 사람이에요"라는 말로
종결짓는 순간,
왠지 모르게 패배자가 된 느낌이었다.

사회에서는 히키코모리가 아닌 이상 외향적인 사람을 원하고,
큰일을 하려면 외향적인 사람이 되어야 한다고 말한다.

다른 사람 때문에 세상의 기준 때문에

나를 바꾸려 애쓰지 말자.

외향적으로 보이기 위해 안간힘 쓰는

내성적인 나도 소중하고 특별하다.

하지만 꼭 외향적인 사람이 되어야 할까.
내성적인 아이가 군이 외향적인 어른이 되어야 할까.
군이 내성적인 성격을 외향적으로 바꿀 필요가 있을까.

무대에 오르는 외향적인 나는 수많은 노력과 연습으로 단련된 것뿐이지,
무대에 오르는 게 떨리지 않는 건 아니다.
여전히 간질거리는 두근거림이 있고 두려움도 있다.
다만 그 두려움의 정도가 단련된 것이지 여전히 내성적이다.

다른 사람 때문에 세상의 기준 때문에 나를 바꾸려 애쓰지 말자.
외향적으로 보이기 위해 안간힘 쓰는
내성적인 내가 더 소중하고 특별하다.

외향적인 사람처럼 보이려고 애쓰는 대신
꼭 필요한 곳에서만 연습과 단련을 통해 바꾸면 되고,
내 모습 그대로 그 자리에 두면 된다.

내가 좋아하는 그 자리에,
있는 그대로의 모습으로.

너무 잘하려
애쓰지 않아도 괜찮아

"너무 잘하려고 애쓰지 마. 반만 해."

처음으로 받은 조언이 고작 이거라니!
이제야 번듯한 회사에 입사했는데
꽤나 연차가 많은 상사가
입사 첫날 내게 해준 첫 조언이다.

그분의 조언과는 다르게 나는 반대로 생각했다.
그 말을 듣고 더 잘하고 싶었고, 더 열심히 해서
실력을 보여주고 싶었다.

끼니도 거른 채 열심히 했고,
무엇이든 해내는 '예스 우먼'이 되었다.
안 되는 일도 되게 했다.
몇 개월이 흘러 결과는 어땠을까? 결과는 참담했다.

우리 팀은 당연하고

다른 팀 사람들도 하나둘 잡일을 내게 떠넘기고 있었다.
심지어 상사가 '지금 뭐 해?'라고 물었을 때,
'이거, 합니다'라고 대답하면,
'그걸 너가 왜 해?'라는 답변이 되돌아오기도 했다.
지금 생각해보면 내가 얼마나 안타까워 보였을까.

선배가 먹고 싶은 거라면 어떤 메뉴든 좋았다.
어제 돈까스를 먹었어도 오늘 또 먹을 수 있었다.
커피를 좋아하지 않지만 다 함께 티타임을 가져야 한다면
매번 점심식사 후 아이스아메리카노를 사서
반도 채 먹지 못하고 버려야 했다.

내 목소리를 줄였고, 내가 먹고 싶은 것들을 참았다.
남들에게 잘 보이고 싶은 마음은
곧 내 자신에게는 잘 보이지 못한 사람이 되고야 말았다.
그러다보니 퇴근 후 집으로 따라 들어오는 건 폭식뿐이었다.

열심히 하면 열심히 한다고,
열심히 안 하면 열심히 안 한다고
핀잔주는 사람은 어디든 분명 있다.
완벽하게 해낼 거라 다짐하지만
어딘가 늘 빈틈이 생긴다.

아무리 잘하려 해도

아무 일 없이 지나가는 하루는 없다.

그런데 아무리 잘하려 해도
아무 일 없이 지나가는 하루는 없었다.
너무 잘하려고 애쓰지 말라는 그녀의 조언이 정확했다.

그때 내가 조금 더 나를 챙겼더라면,
그때 내가 조금 더 나를 돌봤더라면,
마음의 상처도 없었고, 아프지도 않았을 것 같다.

그러니 당신은 너무 잘하려고 애쓰지 않기를,
마음 다치면서까지 너무 애쓰지 않기를 바란다.

나답고
자유로운 오늘을 살아

나는 달리기를 '치유'와 '자유'의 합성어라 생각한다.
그래서 단체로 달리기를 할 때는
2열 종대에 맞춰 달리지 말고
뛰고 싶은 대로, 함께 달리고 싶은 사람 옆에서,
달리고 싶은 길 위에서 자유롭게 달리라고 말한다.

하지만 회사생활에서는 자유롭게 일하는 자체가 어려운 일이다.
직장인이었을 때 괴리감에 빠졌던 순간이 있다.
서울 시내 중 가장 복잡하다고 소문난 시청 앞 거리.
유동인구도, 여행객도, 방랑자도 많은 곳이지만
공중 위에 떠 있는 23층 사무실의 공간은 전혀 다른 세계였다.

24시간, 열두 달의 온도와 사무실 조명은 늘 한결 같았다.
시간이 흐르지 않을 것 같은 시공간을 초월한 세계였다.
4면으로 둘러싼 사무실에는 창문도 없었다.
환풍기와 쩩쩩 돌아가는 시계에 의존해
"하루가 흘러가고 있구나" 정도 인지할 수 있을 뿐이다.

계절의 흐름? 모른다. 온도의 변화? 그것도 모른다.

최첨단 시스템으로 온도와 습도 모두 일 년 내내 균등하다.

비가 오고 눈이 내리는지는

카카오톡 대화창으로 확인한다.

설렘은 잠시, 너저분해질 길거리를 생각하니 다시 짜증이 난다.

하늘과 가까운 23층에서 유일하게 창밖을 볼 수 있던 곳은,

아이러니하게도 화장실 구석이었다.

오래 머물기 싫은 화장실이지만, 창밖을 보고 싶어 화장실을 찾았다.

그리 큰 창도 아닌데,

그저 밖을 내려다볼 수 있어서 힐링이 되었던 공간.

자유롭고 싶을 때마다 그렇게 화장실로 향했다.

유일하게 하루가 어떻게 흘러가는지

두 눈으로 확인할 수 있는 공간이었다.

시청 앞 광장에 구조물이 설치되는 날이면

곧 주말이 다가왔다는 증거였고,

사람들이 우산을 쓰고 다니면 비가 온다는 증거였고,

재킷을 손에 들고 다니면 날씨가 따뜻해졌다는 증거였다.

사람들의 옷차림을 보며 날씨를 확인하고,

은행잎의 색깔을 보며 계절을 살피고,
노을의 모양새를 보며 퇴근 시간이 얼마나 가까워졌는지 확인했다.
해가 구름에 가려져 있는지,
혹은 구름은 어떤 속도로 흘러가고 있는지 확인하는 것이
하루의 유일한 낙이었다.

'현대인'이라는 공동체 생활을 하고
'직장인'이라는 콩나물 생활을 하면서
나의 하루와 나의 일 년이
어떻게 흘러가는지조차 몰랐다.

회사와 집까지의 거리는 1시간 30분.
8시 30분까지 책상에 앉아 메신저를 열어놔야 했으니
집에서는 6시 40분에 출발했다.
봄이든, 여름이든, 가을이든, 겨울이든 어두울 수밖에.
퇴근 후에도 역시나 어둡다.
오늘의 해를 본 적도, 햇살을 느낀 적도 없었다.
그러한 일상은 점점 삶을 무기력하게 만들었다.

일로만 꽉꽉 채워진 하루.
일을 하기 위해 쉼을 주는 주말.
열심히 일을 하기 위해 떠나는 휴가.

이러한 시간은 나를 인간이 아닌 하나의 소모품으로 만든다.

퇴사한 지금은 안다.
계절의 흐름과 같이 앞으로 내달리고 있다는 사실은
나를 굉장히 쓸모 있는 사람으로 만들어준다는 걸.
버리는 하루에 대한 죄책감에 빠지지 않고,
무언가를 끊임없이 생산하고 가치 있는 사람으로 느끼게 한다는 걸.

23층 화장실에서 눈과 머리로만 느끼는 하루가 아닌
가슴과 피부, 그리고 숨결로 느끼는 하루.
나뭇잎의 색깔이, 사계절의 흐름이 느껴지는 하루.

매일이 같은 일상이 아닌 어제와 다른 오늘,
오늘과 또 다를 내일을 기대하게 하는 날들.
그러니 모든 날들이 새롭고 특별하다.
달리기만 했을 뿐인데, 내 삶이 그렇게 '특별'해졌다.

어렵게 입사한 회사생활이 힘들다면,
이러지도 저러지도 못하는 순간이라면,
나답고 자유로운 '무언가'를 찾아보자.

나를 나답게 하는 무언가,

나를 나답게 하는 오늘을 살자.

러닝화, 미술도구, 뜨개질 등
일과 무관한 물건들이 내 가방에 가득해도
권태로운 일상이 조금 특별해질 무언가라면 좋다.

이건 힘들었던 그때의 나에게
해주고 싶은 이야기이기도 하다.

힘이 든다는 건,
앞으로 나아가고 있다는 거야

조금만 더 버티면 되는데,
정말 며칠만 더 버티면 되는데
그걸 못 참고 퇴직서가 들어 있는 서랍의 손잡이를 만지작거린다.

혹은 구구절절한 퇴사 스토리가 담긴 메일의 보내기 버튼에
마우스 커서를 올렸다 내렸다 반복하다,
결국 보내지 못하고 저장 버튼을 누른다.
무겁고 우울한 발걸음으로 집을 향하는 모습,
힘들었던 그때의 내 모습이다.

죽을 듯이 노력해서 원하던 대기업에 입사하고,
원하던 일을 쟁취했는데도 늘 마음이 어딘가 허전했다.
어떻게 들어간 자리인데
예상과 다른 환경과 업무에 지쳐,
분명 끈기 없는 사람은 아닌데 그만두고 싶은 생각뿐이었다.

입사한 지 1년이 넘었는데 아직도 회사에 적응하는 중.

몇 해 전의 내 이야기다.

내 이름이 들어간 프로젝트가 종료되면,
이 일을 계속할지 말지 진지하게 고민했다.
정말 이 길이 맞는 걸까?

프로젝트를 끝마치기도 전에 그냥 도망가버리고 싶지만
무책임하다는 이야기는 또 듣기 싫다.
아무도 알려주지 않는 선택지를 들고,
암흑 같은 고민에 빠진다.
선택지는 분명 5번까지 있는데
6번도 있지 않을까 시험지를 뒤집어본다.
생각은 초심으로 돌아가고 싶지만 마음은 쉬이 허락하지 않는다.

매일 달리다보니 한 가지 깨달은 것이 있다.
5킬로미터를 달리겠다고 마음먹으면
4킬로미터부터 힘들고,
10킬로미터를 달리겠다고 마음먹으면
8킬로미터부터 힘들었다.

마찬가지로 21킬로미터를 달리겠다고 마음먹으면
18킬로미터부터 힘들고,

힘이 든다는 것은

앞으로 나아가고 있다는 증거이다.

전혀 힘이 들지 않는다면

잘못된 길로 가고 있거나 제자리에 머물고 있다는 증거다.

42.195킬로미터를 달리겠다고 마음먹으면
35킬로미터부터 힘들었다.

일의 강도나 프로젝트의 기간이 어떻든,
혹은 암흑 같은 시간이 얼마나 길든
힘이 드는 구간은 늘 있었고,
그 구간은 출발한 지 얼마 지나서 터지는 것이 아니라
완주가 얼마 남지 않는 곳에서 터진다는 것이다.

다행인 것은 절반 이상을 이미 넘어섰고,
조금만 더 버티면 눈부신 완주의 쾌감을 얻을 수 있다는 사실이다.
하지만 그 구간을 버티지 못하고 멈추거나 포기하면
지금까지 달려온 시간은 쓸모없는 시간이 되어버린다.

"정말 힘이 든다는 것은, 거의 다 왔다는 증거다."

사람인데 당연히 누구나 지쳐 쓰러질 것 같고,
여기가 한계인 것 같고,
정말 힘들어서 단 한 발자국도
더 내딛을 수 없을 것만 같은 순간이 있다.

'여기까지가 한계인가보다' 생각하기 전에

'정말 힘든 걸 보니 피니시 라인까지 얼마 남지 않았구나!' 생각하자.
내 편은 아무도 없는 것 같고
그 어떤 말도 도움이 되지 않을 때,
이 말은 내게 가장 큰 위로가 되어주었다.

보이지 않는 끝에 거의 다 왔다는 희망적인 메시지.
조금만 버티고 견디면 모두 끝날 거라는 믿음.
가장 힘든 순간이 지나면 러너스 하이가 오는 것처럼,
가장 어두울 때 해가 떠오르는 것처럼.
그래, 이 순간만 지나면
나에게도 마음의 안식이 찾아올 거라는 생각.

끝이 없을 것 같은 방황과 고민은
마치 비 없이 바람만 부는 태풍처럼
생각보다 일찍, 그리고 소리 소문 없이 조용하게 지나간다.
거의 다 왔다는 생각만으로도
마음속의 태풍은 잔잔해진다.

일을 쳐내면 쳐낼수록 터져 나오는 돌발 상황에,
멘붕과 동공지진에,
지금 당장이라도 박차고 나가고 싶지만
이 힘든 구간이 끝나고 피니시 라인에 다다르면

전혀 기대도 못한 성취감이

나를 그곳에 더 머무르게 할지도 모른다.

버리는 하루도 있어야지,
어떻게 매일을 열심히 살아?

내가 자주 받는 질문 중 하나는 다음과 같다.

"달리면서 무슨 생각하세요?"

흔히 질문을 하면
돌아오는 대답에 대한 기대감이 있기 마련이다.
위 질문에는 아마 이런 답변을 기대하지 않았을까?

"점점 늘어나는 러닝 인구에 대해 생각하고,
어떻게 하면 더욱 재미있고 생산적인 달리기를
즐길 수 있을지 연구해요."

혹은,

"다음 프로젝트 진행을 위한 주제와 방향성을 구상하며 달려요."

하지만 전혀 그렇지 않다.

달릴 때 하는 생각은 중대한 고민이라든지
영양가 있는 고민이 아니라,
대게 '오늘은 끝나고 뭘 먹지?'
'달리기 전에 빵을 하나 더 먹었어야 했는데.'
'아 여기까지만 달릴까?'
'빨리 집에 가서 자고 싶다.' 정도의 생각이다.

그래서 질문을 받고 나서 다시 생각해본다.

'나는 오늘 무슨 생각을 하면서 달렸지?'
'한 시간 동안 나는 뭘 했지?'

머릿속에 이렇다할 대답이 곧바로 떠오르지 않는다.
사실 달릴 때 아무 생각도 하지 않기 때문이다.

머리가 복잡할 때 달리면
아무 생각이 들지 않을 만큼 고요해져서 좋고,
머리가 텅 비었을 때 달리면
무언가 해야겠다는 새로운 결심이 들어서 좋다.
생각보다 단순하다.

달리는 이들 모두는 대개 허기가 진 탓에

매일매일, 매순간순간

열심히 살지 않아도 괜찮다.

달리기 후 먹을 음식 생각을 하며
그 순간을 버티거나 힘을 얻는다.
무언가 대단한 동기부여가 있거나
아이디어가 샘솟을 것 같지만 사실은 그렇지 않다.

결론적으로 달리는 누군가의 모습을 볼 때,
혹은 무언가에 집중하는 누군가를 지켜볼 때,
'저들은 저렇게 열심히 달리는데,
나는 왜 잡념에 빠져 아무 일도 못 하는 걸까?'
자괴감에 빠지지 않아도 괜찮다.

'땅바닥이라도 좋으니 잠깐이라도
엉덩이를 바닥에 붙였다가 일어나고 싶다.'
'이렇게 달리다간 나 혼자 낙오하겠네. 혼자 낙오하면 창피하겠지?'
'시원한 물에 마음껏 샤워하고 싶다' 등의
가벼운 생각들로 머릿속이 가득하다.

그렇게 자신과 여러 번의 내적 갈등을 하다가
오늘의 달리기는 어느새 끝이 난다.
그러면 그제야 하나의 생각으로 통일된다.

'그래, 오늘도 잘했어.'

'잘 참았어!'
'다음 대회가 힘들지 않도록 연습을 게을리 하지 말아야지.' 다짐하며
다음 러닝 스케줄을 잡는다.
그리고 또 중대하지 않은 가벼운 생각들로 달린다.

오늘 나의 하루가 별 볼일 없었다고
오늘 나는 그저 그런 하루를 보냈다고
불안하고 우울해할 필요 없다.

여러 가지 영양가 있는 일을 하거나
생각을 해야만 하는 건 아니다.
가치 없는 허무맹랑한 생각이어도 괜찮다.
오늘의 달리기가 무사히 끝난 것처럼
당신의 하루도 무사히 마무리되었다면
그걸로 되었다.

매일매일, 매순간순간
열심히 살지 않아도 괜찮다.

수많은 피니시 라인을 지났어도,
언제든 다시 스타트 라인에 서야 해

어릴 적 물에 빠진 적이 있다.
허우적거려보았지만 계속 물속이었고,
올라가려 할수록 무거워진 몸은 점점 가라앉았다.

다행히 함께 있던 오빠가 나를 건져 올렸지만
그후로 나는 수영장 근처에는 가지도 않았다.
물에 빠졌던 경험은 수영도 잘하지 못하게 만들었다.
머리를 물속에 넣기는커녕,
해수욕장은 물론 발이 닿는 호텔 수영장에서도
늘 튜브를 몸통에 끼우고 있어야 한다.
그런 내가 철인 3종을 완주했다.

사람들은 내가 수영을 잘하는 줄 알지만,
제한시간 50분에 늘 49분, 두 번째는 47분으로 통과했다.
자유형이 아닌 생존 수영에 가깝다.
거의 개헤엄이다.

이미 2번의 피니시 라인을 넘었지만

다시 스타트 라인에 서야 한다.

그곳을 지나쳐야지만

진정한 피니시 라인으로 나를 보낼 수 있다.

30년 같은 3시간이 흘러, 마침내 철인 3종 경기가 끝이 나고,
묵직한 메달이 내 목에 걸린 순간
나도 모르게 신생아 같은 울음이 터져 나왔다.
마치 내 안에 어린아이가 있는 것처럼.

메달을 손에 얻기까지 얼마나 간절했고 힘들었는지
눈물이 모든 것을 표현해내고 있었다.

마라톤과는 다르게 철인 3종 경기는
중간에 포기하고 싶은 순간들이 너무나도 많다.
완주하지 못할 거라며 포기를 권하는 이들도 적지 않다.

수영을 끝내고 자전거를 시작하기 전,
자전거를 끝내고 달리기를 시작하기 전.
이미 2번의 피니시 라인을 지났지만,
다시 스타트 라인에 서야 한다.

그곳을 지나쳐야지만
진정한 피니시 라인으로 들어갈 수 있다.

어렵게 선택한 길이
내 길이 아닌 것 같을 때

도레미파솔라시도까지만 배우고 관둬버린 악기는 수두룩하고,
공책은 늘 3쪽까지만 쓰고,
그 뒷쪽은 새 공책으로 남아 앞장을 찢어버리기 일쑤였던 날들.
무엇이든 쉽게 싫증내고, 3일 일상 하지 못하는 나는
커서 뭘 하며 먹고 살아야 하나 스스로가 한심했다.

그랬던 나였기에 사실 퇴사는 그다지 어려운 일이 아니었다.
밥 먹고 하는 거라곤,
포기하거나 싫증내거나 관심 돌려버리기 일쑤였으니 말이다.

퇴사보다 더 어려운 건
그렇게 포기하고 새로운 일을 시작했는데
그마저도 금방 포기해버릴까 봐
조마조마했던 마음이다.

내 길이 아닌 것 같아 새롭게 일을 시작했는데,
막상 하고 보니 전에 했던 일이 더 좋을 때,

혹은 다 물러버리고 과거로 다시 돌아가고 싶은데,
배는 이미 떠났고, 이 자리에 머무르긴 싫고,
그렇다고 새로운 곳으로 다시 떠날 힘은 없을 때,
어렵게 선택한 길인데 막상 해보니
내 길이 아닌 것 같을 때가 있다.

허탕 친 것 같고, 시간 낭비, 돈 낭비 한 것 같은 기분.
그럴 때면 괜히 주변 탓, 세상 탓, 경제 탓을 해보지만
사실 문제는 내 안에 있다.
어릴 적 자기소개 란에 이렇게 적어 냈다.

'동물을 사육하는 변호사.'

하나만 진득하게 하지 못한다는 걸 아는 나는
다양한 직업을 갖고 싶었다.
그런 직업이 어디 있냐며 선생님께 혼나고 다시 작성했지만,
지금은 다양한 능력을 가진 사람들을 더 선호하는 세상이 왔다.
하나의 직업으로는 나를 드러내지 못하거나
능력을 발휘하지 못하는 세상이다.
또 포기했다고, 또 그만두고 싶다고 마음 어려워질 세상이 아니다.

도전했고, 경험했던 작은 일 하나하나가

때가 오지 않았을 뿐이지,

돈과 시간을 들여 배운 경험과 능력치는

나를 더 값진 사람으로 만들어준다.

언젠가 반드시 도움이 되는 날이 오고야 만다.

나 또한 연극배우, 한복 모델, 가야금 연주자,
개발자, 마케터, 여행 인솔자 등
서로 연결고리 없는 일들을 해왔다.

물론 그 당시만 해도 "또 돈 낭비, 시간 낭비했어!" 생각하며
또다시 싫증내버린 나에게 화풀이를 했지만,
연극배우의 경험은
내 생각을 언어와 몸짓으로 잘 표현할 수 있게 했고,
승무원의 미소는 사람들에게 먼저 다가가게 도와주었고,
여행인솔자의 노하우는 현재의 일을 잘 꾸려나가는 데 도움이 되었다.

만일 당신이 지금까지 살아오면서
단 하나의 직업만 갖고 하나만 파고들었다면,
할 수 있는 거라곤 그거 하나밖에 없을 것이다.

하지만 일 년을 했든, 한 달을 했든, 하루를 했든
무언가를 했던 경험은
남들이 갖지 못하는 나만의 장점이자 능력이 된다.

때가 오지 않았을 뿐이지,

돈과 시간을 들여 배운 경험과 능력치는
나를 더 값진 사람으로 만들어준다.

또 그만두고 싶고, 또 도전하고 싶다고
스스로 자책하지 않아도 된다.
달리는 순간에는 완주가 있지만
인생에는 완주가 없다.
매 순간순간을 경험하고 기억하고 나아갈 뿐이다.

존재감이 없던
부끄러움이 많은 아이

뭘 해도 부끄러움이 참 많았어.
숫기가 없어 어르신은 물론 또래에게 인사하는 것도 쉽지 않았어.
치킨 주문조차 몇 번이나 심호흡을 해야
간신히 수화기를 들 정도였다니까.

먹고 싶은 것 하나 말 못하는 내성적인 아이였기에
부모님께서는 초등학교 입학 전에 웅변학원에 보내주셨어.
그 당시에 웅변학원을 다닌다고 하면,
"아따 고놈 말 잘하겠네" 하시면서 기특하게 바라보았지만 천만에!
웅변학원에 다닌다고 말을 다 잘하는 건 아니더라.

학원에 가서도 말없이 있다 돌아왔고,
무대에 올라도 말없이 무대를 내려왔어.
말 잘하는 사람들 사이에 있으니 위축되어 말수는 더 줄어들었지.

물론 나도 말 잘하고 싶은 욕망은 가슴 한편에 있었지만,
그냥저냥 초등학교, 중학교를 졸업하며 별일 없이 학교생활을 했어.

그러다 고등학교 1학년,
인생에서 가장 도망치고 싶은 사건이 터졌어.
2박 3일간의 수련회 마지막 날 소감문 쓰는 시간이 있었는데,
내 소감문이 우수 소감문으로 뽑혔어.
선생님께서 월요일 전체 조회 때
전교생 앞에서 소감문을 낭독한다고 축하한다고 하시는 거야.

뭐라고? 축하?!
하나도 기쁘지 않았어.
일단 "네…"라고 대답하고 제자리로 돌아와 앉았지만
심장이 마구 뛰기 시작하고 오싹한 땀줄기가 흐르더라.
아무 소리도 들리지 않았고. 대충 쓸 걸 후회하고 자책했어.

독감에 걸려 목소리가 아예 안 나온다고 할까?
집에 급한 일이 생겨 빨리 조퇴해야 한다고 할까?
화장실에 들어가서 변비라고 할까?
안절부절 고민만 하다 교장 선생님의 훈화 말씀이 끝나고
어느새 내 차례가 와버렸어.

너무 긴장한 탓에
어떻게 걸어서 무대 위로 올랐는지 기억도 안 나.
같은 팔, 같은 다리로 걸었는지도 몰라.

내가 쓴 원고인데도 낯설고,
그날따라 강당은 또 왜 이렇게 넓어 보이던지
고개를 들기조차 힘들었어.

적막이 흐르고 모두가 날 쳐다보는 시선에
심장은 더욱 심하게 요동치고, 교복은 이미 젖었고, 눈앞은 깜깜했어.
종이에 인쇄된 글자가 보이지 않을 정도로 손이 떨렸다니까.
손에 힘을 쥐어보지만 그때마다 종이는 더욱 흔들렸어.

무대 중앙으로 로봇처럼 삐거덕거리며 나와
한 자 한 자 원고를 읽어 내려갔어.
심하게 떨리는 목소리 탓에 마이크를 타고 장내에 흐르는 내 목소리는
염소를 넘어선 울먹임 그 자체였어.
그렇게 약 5분간을 울다 내려왔어.

끔찍했던 5분.
내 자리로 걸어 들어가는 길은 마치 모세의 기적과도 같았어.
모두가 나를 피하며 수군거리는 느낌.
담임 선생님의 얼굴을 힐끗 보았지만
담임 선생님을 포함해 1,500명 모두가 동시에 비웃는 것 같았어.
내 인생에서 가장 수치스러운 순간이었어.
그때 다짐했어.
대학교에 입학하면 반드시 연극반에 들어가서 무대 공포증을 깨리라고.

그 후로 나는 연극배우가 되었고 강연자가 되었어.
사람들 앞에 서서 이야기하는 것을 극도로 꺼려했던 나고,

사람들 앞에만 서면 떨리다못해
들고 있는 원고지마저 떨려 글씨도 읽지 못했던 난데,
지금은 '내가 정말 강의를 즐기는구나!'라고 느껴.
온몸에 전율이 흐르면서
들고 있던 마이크까지 전기가 흐르는 느낌을 받아.

이제는 사람들 앞에서 이야기하는 것을 꽤나 즐겨.
500명이 모여 있는 대강당도 문제없고,
10명이 모여 있는 소규모 강연도 문제없어.

누군가는 그러더라.

"정은 씨는 말 잘해서 좋겠어요.
저도 정은 씨처럼 긍정적인 영향을 주는 사람이 되고 싶어요.
하지만 용기가 없어요."

아마 사람들은 모를 거야.
있는지도 없는지도 모르는 존재감 1도 없는,
그런 아이가 나였다는 사실을.

지금 너는 어떤 순간이 제일 힘드니?
극복하지 못할, 말 못할 고민이 있니?
그걸 극복하기 위해 억지로 노력하라고 말하지 않을게.
그냥 너와 비슷한 이런 나도 있었다고.
그런 시기를 나도 지나왔다고 말해주고 싶어.

CHAPTER × 03

막막하지만
또다시 새로운 도전을 하고 싶은
×
'퇴준생'에게

"아무래도 이 길은 내 길이 아닌 것 같아.
내가 진짜 좋아하는 일을 다시 찾고 싶어.
막막하지만 다시 또 그만두고 싶은 걸 어쩌지?"

누구에게나
권태기는 찾아와

쌕쌕대며 열심히 달려나가다가 갑자기 멈춰 설 때가 있다.
뜻하지 않은 멈춤은 우리를 당황스럽게 만든다.
주위를 두리번거리게 하고, 좌절하게 하고, 의욕마저 상실시킨다.

계획에 없던 일이라 혼란스럽지만
사실 이런 뜻밖의 멈춤과 그로 인한 기다림은
단단하고 더 멀리 나아갈 수 있는 시간이 되어준다.

성장하는 데에 있어서 꾸준함이 답이지만
로봇과 건전지 딸린 인형이 아닌 이상
꾸준함을 지키긴 사실 힘들다. 정말 어렵다.
아무리 좋아하는 일이라 한들 영원할 수 있을까.
사랑도 취미도 권태로운 시기가 있는데 말이다.

사람들은 여전히 앞만 보며 우르르 달려나가지만,
갑자기 고장 난 다리처럼 몸이 말을 듣지 않아
더 이상 앞으로 달려나갈 힘조차 없을 때가 있다.

누가 멈춰 서라고 소리를 지른 것도 아닌데
내 스스로가 쉼을 요구한다.

지금까지 땀 흘리며 달려온 길이 허망해지고
누구를 탓할 수 없는 원망이 밀려오기도 한다.
그리고 갑자기 멈춰 선
그 당혹스러움과 권태로부터 빠져나오려 부단히 애쓰기도 한다.

처음 회사를 차리거나, 내가 좋아하는 일을 하거나,
나를 위한 일을 할 때면 의욕이 앞서
몸과 마음이 망가지는 줄도 모른 채 일에만 열중하기 마련이다.
몸이 망가진 상태에서는
아주 작은 돌부리에도 걸려 넘어지기 십상이다.
작은 홀씨 바람에도 온몸이 휘청이기 쉽다.

나에게도 권태기가 여러 번 찾아왔다.
달리기 권태기인 런태기도 겪었고, 일의 권태기도 겪었다.
처음 권태기를 마주했을 때는 정말 당황스럽다.

"내가? 이 취미를, 이 직업을 정말 좋아하는데?
에이 거짓말. 그럴 리 없어."

권태기를 빠져나오는 가장 빠른 방법은

바로 그냥 쉬는 것이다.

외면하고 또 외면하며 계속 달리던 길을 달리려 애써보지만
1미터도 가지 못해 다시 멈춰버린다.

처음 권태의 감정을 느끼면 받아들이지 못하고
더 열심히 하거나 더 힘을 내보지만
그러면 그럴수록 더 하기 싫고 더 포기하고 싶어진다.

쉬어도 될까? 나 혼자 낙오하는 건 아닐까?
오만가지 생각이 들지만,
아무 생각과 고민 없이 마음먹고 쉬면
되레 짧은 시간 안에 일상생활로 복귀한다.

대나무의 종류에 따라 다르지만
어떤 종은 하루에 1미터까지 자랄 정도로 빨리 자란다고 한다.
대나무는 홀로 있지 않고 군락을 이루기 때문에 빨리 자라는데
바로 생존하기 위해서다.
빨리 자라야 다른 대나무들보다 햇빛을 더 많이 받고
더 많은 영양분을 흡수할 수 있다.

이렇게 끝도 없이 위로 솟은 대나무들은
쓰러지거나 꺾이는 법이 없다.
바로, 대나무 사이의 마디인 '쉼'이 있기 때문이다.

수많은 대나무들 사이에서 살아남기 위한 '생존의 쉼'이지만,
궁극적으로는 성장을 위한 '호흡의 쉼'이다.
음악에도 마디가 있어 숨을 쉬고 연주자들이 박자를 맞춘다.
쉬지 않고 일하는 것보다 훨씬 단단하고 오래 성장한다.

어쩔 수 없는 부상으로 인해 쉼을 갖는 사람도 있다.
달리고 싶은데 달릴 수 없으니
그것이야말로 감옥에 갇힌 기분일 것이다.
그러나 정말 아이러니하게도 몇 주, 혹은 몇 달 간의
단단한 휴식 시간이 지나면 개인 기록은 오히려 향상된다.

휴식을 통한 근육의 단단함은
나도 모르는 사이에 단단한 사람으로 만들어준다.
누군가가 권태기가 와서 힘들다고 한다면,
나는 오히려 축하한다고 말해주고 싶다.

실패라고 생각하지 않는
연습이 필요해

사실 나는 '성공'보다는 '실패'에 조금 더 가까운 사람이다.
내겐 2살 터울의 오빠가 있는데
오빠는 어릴 적부터 머리가 좋아 공부도 잘했고,
성격도 좋고, 책 읽는 것도 좋아했고, 얼굴도 잘생겼(다고 한다)고,
심지어 게임도 잘했다.
그렇게 오빠는 어른들의 사랑을 한몸에 받았다.

나는 늘 먼발치에서 사랑받는 그 모습을 지켜만 봐야 했고,
오빠가 입다가 작아져서 입지 못하는 옷들을 물려 입었다.
조금 속상하긴 했지만 원래 동생들은 그런 줄 알았다.

나는 늘 뒷전이었다. 말도 잘 못했다.
부모님께서는 자기주장이라도 펼치길 바라는 마음으로
웅변학원을 등록해주셨지만
무대 위에 올라설 때마다 매번 울면서 내려오기 일쑤였다.

매일매일 가던 학원이었지만

매일매일 만나는 친구들과 선생님이 낯설고 두렵고 무서웠다.
매일매일 기도했다.
우리 아빠가 이 모든 사람들을 체포해가는 경찰이면 좋겠다고.

게다가 말수도 없었다.
초등학교에는 말도 없고, 존재감도 없고,
목소리가 어떤지 한 번도 들어보지 못할 정도로
1년 내내 조용한 친구가 존재한다.
내가 바로 그런 아이였다.

중학교에 입학하면서부터 나아졌지만
고등학교에 입학하는 것도 순탄치만은 않았다.
당시엔 내신 성적으로 고등학교에 입학했는데,
아슬아슬하게 커트라인으로 겨우 고등학교에 입학했다.
꼴등인 셈이다.
대학교에 입학하는 것도 마찬가지였다.
추가합격으로 문 닫고 들어갔다. 또 꼴등이다.

취업은 어땠을까?
28살까지 7번 이직을 경험했다.
같은 직종의 회사로 몸값을 불려 이직하는 거라면 얼마나 좋을까.
이것저것 다 해보았지만 6개월 하다가 아닌 것 같아 그만두고,

또 전혀 다른 일을 6개월 하다가 그만두고,
늘 1년을 넘기지 못했다.
그때마다 '인생 실패자'라는 낙인을 스스로 찍었다.

그야말로 끈기 없고 근성도 없고,
뭐든 금방 싫증내버리고 마는 성격이었다.
4년 동안 공들인 전공도 내 길이 아닌 것 같고,
겨우겨우 찾아낸 어릴 적 꿈도 허망하게 무너졌다.

심지어는 이런 내가 과연 결혼도 하고 아이도 낳고 살 수 있을지,
가장 평범하고 원초적인 질문에까지 파고들어
내 스스로를 매일매일 괴롭혔다.

다음엔 어디를 가야 하는 걸까?
아니 이것도 싫다, 저것도 싫다 하는
내 자신에게 나도 점점 질려갔다. 내 자신이 싫었다.
정말 마지막으로 퇴사를 생각하고 있는데 이 또한 실패일까?
나는 영원한 실패자 인생인 것일까.

그런데 달리다보니 실패를 바라보는 관점이 중요했다.
실패를 바라보는 관점만 바꾸어도
'실패'라는 단어가 하나의 성장통 정도로 느껴져

'실패', 혹은 '좌절'은 살아가면서 피할 수 없는 것들이다.

언제, 어떻게, 어떤 모습으로 만나게 될지 아무도 모른다.

분명한 것은 때로는 실패가 마음을 굳게 먹게 한다.

마음의 위로가 되는 순간이 온다.

그 후로도 나는 여러 번의 실패를 더 했다.
제안서는 수도 없이 무시를 받았고,
면접에서 바로 탈락한 일도 있었고,
오랜 시간 투자했지만 경쟁에서 선발되지 못한 경험도 있다.

하지만 관점을 바꾼 후로는
실패라고 생각하지 않는 습관이 생겼다.
그리고 실패라고 생각하지 않으니
점점 실패하지 않는 인생이 되어간다.

'실패', 혹은 '좌절'은 살아가면서 피할 수 없는 것들이다.
언제, 어떻게, 어떤 모습으로 만나게 될지 아무도 모른다.
분명한 것은 때로는 실패가 마음을 단단하게 하고,
여러 번 실패 경험이 있은 후에,
또 하나의 성공이 오기도 한다는 것이다.

괜찮아,
우는 건 좋은 거야

바늘로 콕 찔러도 피 한 방울 나오지 않을 것 같은 단단한 사람도,
한평생 보듬어주는 엄마 같은 사람으로 남아있을 것 같은 사람도
내면에는 모두 어린아이가 있다.

이따금씩 그 아기는 울먹거리며
자신의 존재감을 내뿜는데
그 순간에는 아이를 외면하기보다는 토닥이고 잘 달래줘야 한다.

낯선 곳에 홀로 떨어졌을 때,
기다렸던 이에게 외면 받았을 때,
예상치도 못한 순간 속내를 들켰을 때,
그리고 꼭 붙잡고 있던 중심을 놓쳤을 때
내면의 어린아이는 어김없이 나타난다.

내면의 아이를 다스려야 하는데
좀처럼 쉽게 다스려지지 않을 때는
일부러 슬픈 영화를 골라보기도 하고,

혼자 있을 때면 엉엉 소리를 내며 울어보기도 한다.

울음이 격해지다가 마음이 진정될 때쯤이면
내가 왜 울고 있었지? 하는 생각과 함께
마음이 다시 평온해지고 위로받는 느낌이 든다.

우는 게 나쁜 게 아닌데
우리는 우는 걸 창피해하거나 부정적으로 생각한다.
눈물을 무조건 참으려고 애쓴다.

처음 철인 3종을 했을 때
내 안에 있는 어린아이가 불쑥 튀어나왔다.
물속에 들어가자마자 한 아저씨의 발길질에 코를 맞은 순간,
남은 1.5 킬로미터를 수영하고 뭍으로 올라올 것인가,
혹은 50센티미터 뒤에 있는 뭍으로 되돌아갈 것인가 고민하는 순간,
숨을 헐떡거릴 정도의 두근거림과 긴장 때문에 눈물이 터지고 말았다.

주륵주륵 흐르는 눈물은 턱끝이 아니라
쓰고 있던 수경 안에 그대로 쌓였다.
이대로 울고만 있으면
눈물이 앞을 가려 정말 출발도 못하겠구나 생각했다.

백 마디 말보다 간절한 눈물 한 방울이

오히려 사람의 마음을 움직이는 강력한 한 방이 되기도 한다.

친구와 화해하는 과정에서도,

내 마음을 설득하는 과정에서도 말이다.

"괜찮아. 괜찮아."

스스로를 다독였다.
그전에는 한 번도 그래본 적이 없지만
그때는 어떻게 나를 그렇게 다독였는지는 모르겠다.
내면의 울고 있는 아이에게 들릴 수 있게 입으로 소리 내어
"괜찮아, 괜찮아"라고.

소리 내어 말하니 신기하게도 정말 괜찮아졌다.
맥박이 진정되고 호흡이 가라앉고 눈물이 멈췄다.
우여곡절 끝에 수영을 마치고 돌아와
자전거를 탈 때에도, 달리기를 할 때에도
계속해서 존재감을 내뿜는 어린아이를 계속 다독여줘야 했지만
그때마다 다독임은 꽤나 도움이 되었다.

매번 새로운 무언가에 도전하려고 할 때,
내 안의 어린아이는 불쑥불쑥 튀어나왔다.
산을 달리는 '울트라 트레일러닝' 50킬로미터를 완주했을 때에도,
100킬로미터를 완주했을 때에도,
그리고 250킬로미터를 완주했을 때에도,
늘 피니시 라인에서 닭똥 같은 눈물을 흘렸다.

처음에는 눈물이 부끄럽기도 했지만
울음의 순간이 반복되니 더 이상 눈물을 감추지 않는다.
우렁차게 울면 울수록
우물 밖으로 무사히 나온 게 아닐까라는 생각이 든다.
깜깜한 우물에서 밖으로 나왔는데
눈이 부셔 눈물을 흘릴 수밖에 없지 않을까.

아기는 따뜻한 엄마의 자궁을 벗어나 세상 밖으로 나오면
처음 느껴본 공기와 햇빛의 공포 때문에 울음을 터트린다.
힘들게 우물 밖으로,
새로운 세상으로 나왔으니 눈물이 터질 수밖에 없다.
울음이 나지 않는다면
그것이야말로 제대로 세상에 나오지 못한 것이 아닐까.

그 후 두 번째 50킬로미터 완주,
두 번째 100킬로미터 완주 때는 눈물을 흘리지 않았다.
이미 새로운 세상에서 열심히 뛰어놀고 있었기 때문이다.
눈물 뒤에 되레 가벼워진 몸과 마음이
나를 기다리고 있었기 때문이다.

좁힐 수 없는
부모님과 내 생각의 거리

나: 나랑 안 맞아.

부모님: 그렇게 좋은 직장이 어디 있다고.

나: 너무 힘들어.

부모님: 다들 잘만 다니는데 왜 너만 적응을 못 해?

나: 재미없어.

부모님: 다 참고 견디는 거야. 조금만 더 참아!

나: 더 이상 못 하겠어.

부모님: 최선을 다 하긴 했니?

좁처럼 부모님과의 거리가 좁혀지지 않을 때가 있다.

터져 나올 것 같은 울음을 꾹 누르고,

나의 진심을 겨우 이야기해보지만 말이 전혀 통하지 않는다.

부모님과 한바탕한 날엔, 쾅 하고 방문을 닫고

저녁은 먹지도 못한 채 쫄쫄 굶다 잠들기 일쑤였다.

한두 번 이런 일이 쌓이다보면
이내 대화를 포기하고 말아버린다.
왜 부모님 생각과 내 생각의 거리는 좁혀지지 않는 걸까?

퇴사하리라 마음먹었다면
상의를 하든, 통보를 하든,
부모님을 설득해야 하는 큰 장애물을 넘어야 한다.

퇴사하지 못하는 나보다
부모님이 반대할 거라는 두려움, 그리고
부모님 품속에서 여전히 벗어나지 못하는 내 처지가
더 싫을 때가 있다.

그럴 때마다 내가 하고 싶은 일도,
내 뜻대로 하지 못하는 내 자신이 처참한 것은 말할 것도 없다.
그래서 꾹 참고 회사를 다닌다.
머리와 덩치는 커졌지만 나 또한 부모님은 큰 산이었다.

"러닝이 직업인 사람은 없단다. 여행가라는 직업도 없다.
아빠는 네가 지금 회사에서 평생 일했으면 좋겠다.
지금은 힘들지만 시간이 흐르고 승진하면 나아질 거라 믿는다.
회사 이름도 있고, 은퇴할 때까지 다니면 좋겠다."

그랬던 아버지가, 결국엔 다음과 같이 말씀하셨다.

"그래, 네가 행복한 일을 해라."

퇴근하고 집으로 들어온 딸의 얼굴은
힘들고 피곤하고, 세상 다 필요 없는 패배자처럼 보였는데,
달리기를 하고 집으로 돌아온 딸의 얼굴은
행복하고, 승리자 같은 모습이었다고 한다.

부모님과 나는 생각이 다르다고 생각했는데,
부모님과 나의 생각은 다르지 않았다.
모두 '내가 행복해지기를 바라는 것'.
다만, 그 행복의 기준이 다를 뿐이다.

어떤 이에게는 '돈'이 행복일 수도 있고,
어떤 이에게는 '도전' 자체가 행복일 수 있다.
그 행복의 기준이 다르기 때문에
서로 맞지 않다는 생각에 틀어지는 경우가 많다.

"퇴사하고 싶어요. 싫증나요."

이런 이유는 "피아노 그만 칠래. 재미없어"라는

초등학생 같은 단순한 변심에 불과하다.
단순한 변심으로 퇴사를 결정하는 것은
부모님의 눈으로 보기에도, 어른으로서도 현명하지 않다.

퇴사하기로 마음먹었다면,
퇴사 이후의 삶을 논리정연하게 설명하고
구체적인 계획을 제시해야 한다.
진심과 열정, 그리고 다짐을 보여준다면
생각이 다른 부모님도 응원해주시지 않을까.

부모님께서 도전, 혹은 퇴사를 반대하신다면
그건 당신을 못 믿어서가 아니라
당신을 자신보다 너무 사랑해서일 것이다.
그게 당신에게 더 행복한 결정이라고 생각해서일 것이다.

부모님의 생각과 나의 생각은 다르지 않았다.

모두 '내가 행복해지기를 바라는 것'.

다만, 그 행복의 기준이 다를 뿐이다.

사람들 생각 말고,
네가 생각한 대로 해

버킷 리스트에도 순서가 있다.
천천히, 언제 해도 이상할 것 없는 버킷 리스트도 있지만
지금 당장 바로 해야 할 버킷 리스트가 있다.
나는 취업에 집중할 대학교 4학년 때
졸업을 미루고 배낭여행을 떠났다.
그때 누군가는 이렇게 말했다.

"미쳤어. 지금이 얼마나 중요한 시기인데.
취업하고 금전적인 여유가 있을 때
그때 더 편하게 다녀와도 좋지 않아?"

그땐 돈이 문제가 아니었다.
돈이 많은 건 아니었지만 '지금' 가야 했다.
10년 뒤가 아니라 '지금'.
돈이야 앞으로 얼마든지 모을 수 있지만
지금 이 순간과 이 시간만큼은 거금을 주어도 살 수 없었다.
젊은 날의 눈으로 더 넓은 세상을 담는 일이 더 중요했다.

그리고 담아 온 맑은 생각으로 졸업 후의 진짜 내 삶을 살고 싶었다.
취업 전이라 인생 방향을 바꿔도 전혀 이상하지 않았다.
물론 취업 후에 휴가를 내고 다녀올 수도 있지만,
취업을 하고, 어느 정도 돈을 모은 다음에 여행을 다녀왔다면
진로를 수정하고 싶어도
안정적인 길을 버리고 다른 길을 선택하거나,
경로를 이탈하기 쉽지 않았을 거다.

지금 당장 해야 할 일이 있고, 나중에 해도 되는 일이 있는데
이것들은 주로 '시간'과 관련 있다.

공부에도 때가 있듯이,
귀한 시기를 놓치면 안 되는 타이밍이 있다.
효도도 그렇고, 시간은 우리를 마냥 기다려주지 않는다.

영원할 것만 같은 벚꽃도,
비라도 내리면 언제 연분홍빛이었나 싶을 정도로
금방 바닥에 눌어붙은 무채색 쓰레기가 되어버린다.

꽃이 피는 시기는 정해져 있고,
그 시기마저 비바람이 불면 다시 1년을 기다려야 한다.
다행히 꽃은 매년 피지만,

우리가 원하는 일들은 영영 돌아오지 않을 수도 있다.

할까 말까 고민할 때에는 하는 것이 정답이고,
갈까 말까 고민할 때에도 가는 것이 정답이 아닐까.

내가 만일 그때 모두가 말렸던 유럽 여행을 다녀오지 않았더라면,
내 삶은 지금 어떻게 되었을까?
내가 만일 그때 벚꽃 아래를 달리지 않았더라면,
지금 어떻게 되었을까?

지금 공부 때문에, 취업 때문에, 회사 때문에
망설여지는 일들이 있을 것이다.
그럴 때마다 세상의 소리에만 집중하다보면
진짜 원하는 내 마음의 소리를 듣지 못하게 된다.

하고 싶은 버킷 리스트가 있다면,
때를 놓치지 말고 마음의 소리에 집중하길 바란다.
세상 소리에 잠시 귀 닫아도 된다.

지금 공부 때문에, 취업 때문에

망설여지는 일들이 있을 것이다.

그럴 때마다 세상의 소리에만 집중하다보면

마음의 소리를 듣지 못하게 된다.

진짜 원하는 내 마음의 소리를.

진짜 중요한 건
그다음 스텝!

내 인생 첫 번째 철인 3종 대회가 끝났다.
입맛이 사라져 아무 생각도 없었지만 빨리 회복하려면
입 안에 뭐라도 집어넣어야 했다.
함께 운동했던 코치님과 함께 생선구이 집으로 향했다.

대회 후에 일부러 눈도 마주치지 않았고
식당에서도 애써 눈길을 피했지만,
결국 비릿한 생선구이 앞에서 울음을 터트리고야 말았다.
내 속의 어린아이가 튀어나왔다.

정말 지독하게도 외로운 싸움이었다.
수영, 자전거, 달리기.
나는 아직 반환점을 만나지도 못해,
지나치는 사람들과 계속해서 반대로 달려나가야 했다.
그래도 계속해서 달리기 위해
토할 것 같지만 여러 번 침을 삼키며 억누르며 달렸다.

피니시 라인에 들어왔지만
또 다른 종목을 위해 다시 달려나가야 했다.
이미 많이 뒤처진 덕에 주변엔 아무도 없었다.
'대회'라기보다는 혼자만의 레이스였다.
결국 사이클 도중, 시간 제한에 걸려 기록 측정 칩을 뺐다.

그리고 남은 길을 달리니
신기하게도 그때부터 풍경이 보이기 시작했다.
그전에는 보이지 않던 풍경이었다.
파란 하늘과 비릿하면서도 고소한
통영의 시골 내음이 콧속으로 들어왔다.
나도 모르게 슬쩍 미소도 지어졌다.

100그램 남짓할 작은 기록 측정 칩이
나의 마음을 무겁게 눌렀나보다.
그리고 남은 달리기 10킬로미터를 뛰기 위해
다시 바꿈터*로 돌아와 운동화로 갈아 신었다.

여전히 지독한 외로움이었고,
발에는 칩이 남긴 살짝 긁힌 따가움만 남았지만

---

* 트라이애슬론 경기에서, 수영에서 사이클로, 사이클에서 마라톤으로 바꾸기 위하여
  선수들이 그들의 장비를 준비해두는 곳.

몸이 어찌나 가볍던지,
통영 바다의 기러기 옆에서 함께 날아가는 듯한 기분이었다.

나는 철인이지만, 아직 철인이 아니기도 했다.
기록이 없으니 정식으로 완주한 것은 아니었다.
분명 완주는 했지만 기록은 없다.
그래도 비겁하지 않았고 당당한 메달이 눈앞에 있다.

대회 후 무거운 완주 메달을 메고
하루 종일 걱정했을 엄마에게 가장 먼저 안부 전화를 했다.
하루종일 기도하며 기다리셨다는 우리 엄마,
그리고 기록은 없지만 잘했다는 코치님의 말에,
김이 모락모락 나는 고봉밥과 비릿하고 향긋한 생선구이 앞에서
그제야 긴장감을 풀고 울음을 터트린 것이다.

항상 잘해야 하고, 항상 멋져야 하고,
항상 실수하지 말아야 하는 법은 없다.
스스로에게 당당하고,
스스로가 꽤 멋진 사람이라는 생각이 든다면 모두 다 괜찮다.

그렇다면 오늘의 무대는
더 이상 트라우마로 남지 않고, 다음 기회로 만들어질 것이다.

항상 잘해야 하고, 항상 멋져야 하고,

항상 실수하지 말아야 하는 법은 없다.

첫 철인 3종, 당당히 꼴찌를 했다.
그리고 한 분이 내게 물었다.

"다음에. 또 도전할 거니?"
"네!"
"그래, 그럼 성공이다. 잘했다"라고 하셨다.

중요한 건 그 다음 스텝이었다.
꼴찌를 해도 다시 도전하는 마음만 있다면 모두 괜찮다.

못 한다고 말하는 것도
대단한 용기다

좋아하는 시 중에 이규경 시인의 〈용기〉라는 시가 있다.
얼핏 '용기'라는 단어를 떠올리면
잘할 수 있는 것을 말하고 행동하는 의미일 것 같은데,
시에서 말하는 용기는 '못 한다고 말할 수 있는 용기'였다.

이 시를 읽으면 사이다처럼
그간 망설이던 일들이 시원하게 내려가는 것 같다.
할까 말까 고민만 늘어놓던 일들에 용기가 생기는 걸까.
무언가를 실행함에 있어서도 용기는 필요하지만
무언가를 실행하지 않음에도 용기가 필요하다.

우여곡절 끝에 어렵게 들어간 회사였고
일도 분명 재미있었지만,
인간관계에 의한 스트레스와 그로 인한 건강 악화는
재미있던 일조차 무기력하게 만들었다.
기생 숙주가 내 몸에 정착해 나를 조종하는 기분이랄까?

건강을 위해서라도 퇴사를 선택해야 했다.
그간 용기 내어 "못하겠습니다" 말하지 못한 긴 세월이 아쉬워
이번에는 독하게 마음먹었다.
퇴사하겠다 마음먹으니
하루라도 빨리 벗어나고 싶은 마음이었다.

누구나 사직서 하나씩 마음속에 품고 다닌다.
퇴사는 하고 싶지만 퇴사할 용기는 나지 않는다.

'퇴사하면 뭘 하지?'
'나는 하고 싶은 것도, 잘하는 것도 없는데?'

주변에서 말리고 부모님도 말리니
그 용기는 다시 안주머니 깊은 곳으로 들어간다.
이번에는 내 건강을 위해서라도 용기를 내어 보았다.

"퇴사하겠습니다."

퇴사를 함에도 회복탄력성이 도움이 되는 걸까.
그렇게 7번째 퇴사를 했다.
또다시 자유의 몸이 되었다.

못 하겠다고 말하는 것도 분명한 용기이다.

나 자신을 지키기 위한 용기는 잘못된 것이 아니다.

퇴사가 인생의 가장 큰 결정이라 생각할 수 있지만
지나면 아무것도 아닌, 정말 별거 아닌 일이었다.

못 하겠다고 말하는 것도 분명한 용기다.
무엇보다 자신을 지키기 위한 용기는 가장 큰 용기이다.

행복을 미래에 두지 않기

그야말로 위풍당당 거칠 것이 없었다.
하고자 하는 것들은 모두 이룰 수 있었고,
품었던 목표들은 성공으로 되돌아왔으며,
많은 이들이 내게 박수를 보내왔다.
그야말로 직진 인생을 달리고 있었다.

그동안의 설움을 다 보상받는 것마냥
실패는 내 인생에서 당분간 멀어진 듯했다.

책이 베스트셀러가 된 동시에,
몇 년간 고대했던 포털사이트 인물정보시스템에
내 이름이 등록되었다.
공식 공인이 된 것이다.

그렇게 간절하고 원했던 것을 이루게 되었는데 기분이 이상했다.
상실감이 크게 왔다. 모든 것이 멈췄다.
'번아웃'은 일에 너무 열중한 나머지
일상에서 사라져버린 '나'를 발견할 때 느껴지는 감정이라 생각했지만 이번에 느낀 기분은 예상치 못한 곳에서 나타났다.

다년간의 프리랜서 일을 하면서
일과 휴식, 그 중간 어딘가에서 줄타기를 잘하고 있다 생각했고,
'나'를 잘 다스릴 줄도 아는 프로 프리랜서가 되었다고 자부했다.
그간 권태기, 혹은 번아웃을 나름 잘 다독인다고 우쭐댔지만
이건 그전에 경험했던 감정과는 완전히 달랐다.

무엇이 잘못된 걸까.
그토록 원하고 갈망하던 것들을
내 손에 넣었는데 하나도 기쁘지 않았다.

"목표를 이루면 이제 행복해질 거야."
"꿈을 이루면 내 삶이 크게 달라질 거야."
"그것만 하면 모두가 인정하는 최고의 작가가 될 거야."

스스로 착각했던 것 같다.
실패했을 때 얻는 상실감보다
성공했을 때 얻는 상실감이 더 컸다.
막상 그 행복을 마주하고 보니 내 삶은 달라진 게 없었다.
그대로 어제와 똑같은 '나'였고,
사람들이 바라보는 '나'도 여전히 '나'였다.

오랫동안 보듬어온 보물 상자를 열었는데
안에는 아무것도 들어 있지 않은 느낌이었다.

내 행복은 항상 미래에 있다고
나를 다스리며 여기까지 왔는데,
실제 행복은 마음속에 정해놓은 그 지점과
정확하게 일치하지 않았다.

그 허망한 과정에서 빠져나오기까지 오랜 시간이 걸렸다.
실패한 것도 아니고, 좌절한 것도 아닌데
눈처럼 온데간데없이 사라졌다.

일이 너무나도 잘 되어도 우울할 수 있다는 것.
모두가 원하는 왕관을 써도 외로울 수 있다는 것.
그 후부터는 어떠한 목표를 이뤘다고 해서
내가 달라졌다고 착각하지 않는다.
다른 이들이 생각하는 것만큼
성장해 있으리라 착각하지 않는다.
행복을 미래에 놓지도, 제한하지도 않는다.

성공해도 본질은 여전히 '나'이고,
그 결과가 끝이 아닌 하나의 과정일 뿐이니까.

어떠한 목표를 이뤘다고 해서

내가 얼마큼 달라지고, 다른 이들이 생각하는 것만큼

성장해 있으리라 착각하지 않는다.

행복을 미래에 놓지도, 제한하지도 않는다.

억지로 버틸 필요 없어

내 소개를 하자면 스물여섯 살부터 스물여덟 살까지
풀코스 마라톤을 9번 완주했고,
철인 3종도 2번 완주했다.
100킬로미터 울트라 마라톤은 3번,
250킬로미터 사막 마라톤도 완주했다.

운동 선수였거나 운동을 공부했거나 운동을 좋아했던 건 아니다.
오히려 운동과 거리가 먼,
그저 길거리에서 흔히 볼 수 있는 옆집 언니, 옆집 누나다.
달리다보니 앞으로 나아가게 되었고,
앞으로 나아가다보니 여기까지 왔다.

"인생은 마라톤이다."

이 한마디에 무턱대고 마라톤에 도전했다.
바꿔 말하면 무턱대고 새로운 인생에 도전하게 되었고,
지금 내 인생은 달리기로 송두리째 달라졌다.
한때 세상에서 가장 쓸모없는 존재라고 느꼈던 탓일까?

지금은 그저 살아있음에 감사하다.
그만큼 인생이 바뀌었다.

힘든 당시만 해도 내 인생에서 도망쳐버리고 싶었는데
막상 도망치려니 도망칠 용기도 나지 않았다.
그래서 고작 한다는 생각이
'내가 타고 있는 이 버스가 교통사고 나면 좋겠다'
혹은 '지구가 갑자기 펑 하고 사라져버리면 좋겠다' 정도였다.
이렇게 내 인생이 바뀔 줄 알았더라면
하루라도 더 빨리 도전했을까?

만약 누군가가 "원하는 과거로 돌아갈 수 있다면 돌아갈 것인가?"
혹은, "돌아갔을 때 과거의 일부를 바꾸고 싶은가?"라고 질문한다면,
과거로 돌아간다 할지라도 그때 겪었던 고뇌를 똑같이 겪고,
똑같은 후회를 하고, 똑같은 반성을 하고,
똑같은 행복을 느끼고 싶다고 말하고 싶다.

7번의 이직과 퇴사가 있었기 때문에
마라톤이라는 인생을 조금 더 겸허히 받아들일 수 있었다.
전공을 선택할 때도
부모님이 원해서, 선생님이 원해서, 사회가 원해서 한 선택이었다.
성인이 되어서도 주체적으로 결정하는 일이 없었다.

마라톤을 하게 되고 처음으로
누군가의 자랑이 이런 거구나 느꼈다.

인생은 마라톤이라는 말, 누가 만들었는지 참으로 감사하다.
살면서 겪지 못할 일들을,
혹은 거금을 들이거나 오랜 시간을 투자해야만 얻을 수 있는
삶의 진리를 마라톤 대회장에서 배웠다.
수업료는 단돈 5만 원. 그리고 단 4시간만에 얻을 수 있었다.
물론 아무것도 하지 않은 채
무턱대고 4시간을 달려 풀코스를 완주할 수 있는 건 아니다.

동년배에 비해 누구보다 많은 눈물을 흘리며
7번 이직을 하고 8번째 새로운 직업을 얻었다.
그리고 나는 여전히 퇴사를 준비중이다.

인생이 신발끈을 묶고 피니시 라인에 들어가는 여정이라면
그 안에 희노애락은 여러 번 존재한다.
지금껏 그랬듯 앞으로도 수많은 눈물과 환희,
만남과 헤어짐, 또 도전과 퇴사가 있을 것이다.
꿈이 또 생길 것이고,
또 그 꿈을 이루기 위해 달릴 것이다.
그리고 옛꿈은 깨고 새로운 꿈을 창조할 것이다.

하고 싶은 일을 쫓아다니는 삶은

언젠가 퇴사하지 않을 내 진짜 일을 만나는 과정이다.

때에 따라 유연히 내 자신의 몸을 바꿔나가는 카멜레온처럼
내 마음이 가는 대로 내가 정한 기준에 따라
수많은 나를 만나면서 인생을 살아가자.
머무르지 않고, 새로운 꿈을 향해 달려가자.

또 퇴사하고 싶다고?
한곳에 오래 머무르는 일이 힘들고 그런 자신이 싫어진다고?

꿈이 바뀌고 하고 싶은 일이 바뀌는 게 뭐 어떤가?
하고 싶은 일을 쫓아다니는 삶은
언젠가 퇴사하지 않을 내 진짜 일을 만나는 과정이다.

좋은 파도는
언제 올지 아무도 몰라

한참 '서핑'에 빠져 있었을 때가 있었다.
일주일 동안 동해 바다에 머무르며 하릴없이 파도만 바라보았다.
파도가 몰아쳐 들어오는 날이면 서핑슈트로 갈아입고 바다로 나갔고,
파도가 잔잔한 날이면 해먹에 누워 낮잠을 잤다.

가끔은 파도가 없어도 따분한 탓에 바다 위로 나가곤 하는데
서핑보드를 침대삼아, 아지랑이 같은 바닷바람을 이불삼아 누워 있으면
그보다도 달콤한 잠자리는 없었다.

이따금씩 들리는 작은 파도 소리와 갈매기 소리는
어디에서도 들을 수 없는 지상 최고의 자장가였다.
그렇게 하루를 보내고 나면
서핑 슈트로 가려진 몸을 제외한 손과 발목에
마치 장갑과 양말을 신은 것마냥 살이 검게 그을려 있다.

서퍼들은 파도를 그렇게 기다린다.
좋은 파도는 언제, 누구에게 올지 모르니까.

때를 놓치면 다음 파도를 기다려야 하고,
머뭇거리는 순간 오늘의 파도는 지나쳐 간다.
파도의 유효기간은 짧다.

한 파도에는 한 서퍼만 올라갈 수 있는
"One Wave, One Sufer" 원칙이 있다.
눈치 빠른 이의 등장으로 애써 기다려온 좋은 파도를 놓치기도 한다.
때로는 운이 좋아 내가 파도 위를 올라타더라도
내 능력에 맞지 않는 성난 파도라면
그 또한 다시 꼬르륵 물만 먹기 마련이다.

파도는 끊임없이 우리에게 몰려오지만
우리를 마냥 기다려주지 않는다.
파도가 보내오는 여러 시그널 위에서
늘 준비하고 때를 기다리며 파도를 탈 순간을 잡아야 한다.

당신의 파도는 아직 오지 않았을 수 있다.
때를 기다리며 타인의 파도도 응원해주자!
아쉬움이 몰아치더라도 파도는 계속 몰려온다.
당신의 좋은 파도는 언제고 찾아온다.

내 인생의 러닝 포인트

봄을 알리는 시작종이 있어. 바로, 벚꽃놀이.
나는 그때 봄과 함께 찾아온 남산의 꽃길을 달렸어.
그 후로 가시밭길이었던 내 인생은 꽃길이 되었지.
내게 찾아온 그날을 나는 '러닝 포인트'라 불러.
아직도 그날의 모든 것을 생생히 기억하거든.

머리와 어깨 위로 무시로 내려앉던 벚꽃 잎,
바람이 일렁일수록 함께 흩날리는
분홍빛 향기가 '황홀'이라는 단어를 떠올리게 해.

누군가와 함께 처음으로 흘려본 땀방울은
생각보다 찝찝하지 않았어.
알코올을 피부에 떨어트리면 바람과 함께 시원함만 남긴 채
공기 중으로 사라져버리는 것처럼

오히려 상쾌함이 머물렀지. 개운했어.

숨이 차 헉헉대며 남산에 올랐지만
알 수 없는 뿌듯함이 내 몸을 감싸 안았어.
달리기가 끝난 후에는
함께 달린 첫 달리기를 축하라도 하는 듯
하늘에서 더 많은 벚꽃비가 내렸어.
눈이 부셔 어지러울 정도로.

기다림과 환호성을 넉넉히 나눠주던 동료 러너들과
언제 울었나 싶을 정도로 환히 웃고 있는
사진 속의 내 모습들은 이후 나를 완전히 바꾸어 놓았어.

그 황홀했던 달리기의 경험 덕분에
일주일에 한 번 매주 목요일마다 우리는 만나 달렸고,
할 일 없는 나에게 유일한 스케줄이 되어주었지.

1시간 달리기를 위해 왕복 3시간을 남산으로 향했으니
손꼽아 기다리던 생일 같은 날이었어.
일주일의 중간도, 금요일도 아닌 어정쩡한 목요일.
그 간질한 목요일이 그때 참 좋았어.

그때의 내 방은 유난히 어두웠던 것 같아.
암막 커튼은 1년, 365일 제 역할을 아주 잘하고 있었거든.
그래서 그날따라 살짝 열린 커튼 사이로 보이는
하늘이 유독 밝게 빛났는지도 몰라.

살짝 열린 틈새로 눈이 부시더라.

왜 가장 힘들 때 도와주는 사람이 진짜라고 하잖아.
내가 가장 힘들 때 세상 밖으로 나올 수 있도록
손을 건네준 이는 바로 '달리기'였어.

가장 어두울 때 만난 달리기는
내 삶을 가장 밝게 빛내주었지.
그 어렵사리 얻은 빛의 촉감을 잊지 않기 위해
하루하루를 연명하며 달렸어.
5분, 6분, 7분, 10분.

그렇게 실타래 같던 빛 한줄기를
거대한 태양의 빛으로 확장시키기 위해 했던 유일한 일과는
하루 30분 달리기야.

주저앉아 울고 있기보다는
밖으로 나가 달리고 돌아올 때면
뭐라도 해낸 것 같아 금방 기분이 좋아지더라구.
내가 꽤 괜찮은 사람인 것만 같고.

현실에서 벗어나고 싶어 정말 현실을 박차고 나가 달렸더니
부정하고 싶던 현실로부터 조금은 멀어질 수 있었어.
헬스장? 달려도 달려도 늘 제자리인 헬스장의 트레이드밀보다는
내 발과 호흡으로 땅과 지구를 힘껏 밀치는 실외 달리기가 좋더라.
밀치는 만큼 앞으로 나아갈 수 있었으니까.

몸이 앞으로 나아가는 만큼
삶도 앞으로 나아가는 느낌이랄까.
그리고 무엇보다 살아 숨 쉬는 것 같은 느낌이 좋았어.

그렇게 하루 중 가장 중요하고 유일한 달리기 일정을 보내다가
문득 다른 사람들의 달리기가 궁금해졌어.
내 삶이 나아지니 그제야 주변을 보게 되더라구.
매일 달리던 익숙한 장소가 아닌
다른 세상의 달리기와 다른 이들의 달리기가 궁금해졌어.

용기를 내어 남산에 갔고,
그렇게 시작된 첫 그룹 달리기는 남산의 벚꽃길이었지.
하루만 빨랐어도, 혹은 하루만 늦었어도
아마 벚꽃비는 만나지 못했을 거야.
남산의 벚꽃비는 딱 그때뿐이니까.

몇 해가 지난 지금도 4월 말이 되면
그 '황홀'을 기억하기 위해 남산의 벚꽃길을 달려.

지금은 아주 많이 힘들겠지만
너에게도 분명 그런 벚꽃길이 열릴 거야.

CHAPTER × 04

아직도 불안하지만,
진짜 좋아하는 일을 찾아갈

×

'너에게'

"누가 뭐래도, 이젠 내가 하고 싶은 일을 하고 싶어.
생각보다 힘들고 어렵고 막막하겠지만,
지금부터 진짜 좋아하는 일을 찾고 싶어!"

고민이 된다면
일단 출발선에 서봐

1킬로미터를 달리든,
100킬로미터를 달리든 똑같이 힘든 것이 하나 있다.
마지막 스퍼트? 멈췄다가 다시 달리기?
물론 이런 것들도 힘들지만
그중 가장 힘든 것은 '출발선에 서는 것'이다.

러닝을 시작하지 못하는 대부분의 사람들은
출발선에 서는 자체를 두려워한다.
함께 달리다가 혼자 뒤처질까, 낙오해 집으로 돌아가지 못할까,
혹은 따라가지 못해 다른 사람들에게 피해를 줄까.
걱정이 앞서기 때문이다.
이러한 걱정들 때문에 쉬이 출발선에 서지 못한다.

하지만 일단 출발하기만 하면 도착한다.
흙길도 달려보고, 산길도 달려보고, 눈밭도 달려본 결과,
뛰어가든, 걸어가든, 기어가든, 혼자 가든, 함께 가든,
일단 출발하기만 하면 도착은 했다.

출발하지 못하고 출발선 근처에서만 서성이면
아무 곳도 가지 못한다.
출발선에 서서 '탕' 하는 소리에 맞춰 한 발 내딛어야 한다.
처음 그 한 발을 내딛기가 어렵지,
한번 해보면 걱정한 만큼 그리 어렵지 않다.
안 해서 후회하는 것보다
해서 후회하는 편이 더 낫지 않을까.

지금 생각난 바로 그것!
지금 도전하고 싶은 그것!
그걸 지금 하면 된다.

두려움과 걱정이 너무 커서
기대보다 잘 완주해낸 내 자신에 놀랄 때도 있다.
수많은 생각들이 스쳐지나가
운동화를 신고 밖에 나갈 용기가 나지 않지만,
일단 나가기만 하면 언제 그랬냐는 듯 무아지경으로 달린다.
생각보다 가벼운 몸은 마치 보너스 선물을 받은 것처럼
더 기쁘게 다가올 때도 있다.

처음부터 용기 있는 사람은 없다.
끈기 없던 사람이 용기 있는 사람이 되기까지는

계속해서 출발선에 서는 연습을 하고

멈춰도 출발하고, 넘어져도 출발하고, 울어도 출발하다보니

어느새 풀코스를 완주하고 있었다.

오랜 시간이 걸린다.
겁 많던 아이에서 소신 있는 성격이 되기까지는
더 오랜 시간이 걸렸고,
줏대 없는 성격에서 줏대 있는 성격이 되기까지는
더더욱 오랜 시간이 걸렸다.

길을 달려봐야 내 길인지 아닌지 알 수 있는 것처럼
일단 해보면 된다.
가만히 기다린다고 해서 무언가를 얻을 수 있는 것은 아니다.
가만히 기다리는 대신 열심히 다가가고,
소심하게라도 문을 두드리고,
생각에만 머물러 있던 것들을 행동으로 옮기자.

생각만 무수히 해본들 실천하지 않으면
그 생각은 언제나 0에서 나아지지 않는다.
플러스도 마이너스도 아닌 0.
무엇을 곱하고 나눠도 제자리인 0.

인생 영화, 〈포레스트 검프〉에서
주인공인 포레스트 검프의 어머니는 이렇게 말씀하셨다.

"인생은 한 상자의 초콜릿과 같단다.

네가 무엇을 고를지 아무도 모른단다."

초콜릿 상자 안에는 정말 다양한 초콜릿들이 들어 있다.
별 모양, 하트 모양, 네모 모양, 동그란 모양, 그리고 딸기 모양.
우리는 겉모습만 보고는 초콜릿이 어떤 맛인지 판단할 수 없다.
내가 어떤 맛을 좋아할지 알기 위해서는 먹어보는 수밖에.
먹어보고 맛이 없으면 뱉어버리면 되는 거고,
맛있으면 맛있게 먹으면 된다.
내가 좋아하는 맛을 찾아낼 때까지 하나씩 맛있게 먹으면 그만이다.

도전이라는 게, 인생이라는 게, 새로운 출발이라는 게
말이 어렵고 거창하지 사실 별거 아니다.
해보고 아니면 말고, 또 해보고 아니면 말고,
그러다가 나랑 스파크가 터지는 일을 발견하게 될 때
그때 첫사랑처럼 새로운 인생을 시작하면 된다.

사랑을 받아본 사람이 사랑을 줄 수 있고,
많이 먹어본 사람이 음식 맛을 잘 아는 것처럼,
많이 도전하고 많이 경험해본 사람이
본인의 색깔과 온도를 더 잘 느끼고 알 수 있다.

무언가를 시작하기에
가장 좋은 시기는 없어

현재의 행복을 위해 살아가는 이들이 있고,
내일의 행복을 위해 살아가는 이들이 있다.
공통점은 모두 행복을 최우선으로 한다는 것.

하지만 누가 '언제' 웃을지,
미래의 일은 아무도 모른다.
바이러스가 터질지 누가 알았고,
태풍으로 모든 것이 쓸려 나갈지 누가 알았을까.

우연히 한 아주머니께서 달리는 영상을 보았다.
검은 머리카락에 주름진 얼굴은 얼핏 보아도 50대 중반.
그런데 그녀의 진짜 나이는 91세.

"뛰다가 죽으면 내 인생으로서는 최고라고 생각해요.
그래서 뛸 수 있을 때까지는 달리려고 해요."

달리는 순간이 행복하다는 그녀는

표정만 보아서는 이팔청춘이었다.

내가 가는 길이 맞는 걸까.
내가 하는 일이, 내 직업이 정말 나랑 맞는 걸까?
이런 고민은 평생 계속될지 모른다.
시간은 계속해서 흘러만 가고,
기회는 계속해서 줄어드는 것만 같아
늘 초조해하며 살지도 모른다.

"4년 동안 배운 거라곤 이거밖에 없는데,
이 일이 제가 좋아하는 일인지 모르겠어요."

"제가 이 일을 정말 하고 싶은 걸까요?"

강의를 하다보면 이런 질문을 많이 받는다.

좋아하는 일을 하기 위해
현재를 포기하는 사람도 있고,
현재를 위해 좋아하는 일을 포기하는 사람도 있다.

하지만 누구 때문에 하지 못했고,
누구 때문에 망했다고 핑계 대며 산다면,

분명 타인에 의해 결정된 일은 후회가 남고,

그 후회는 평생 지워지지 않는다.

항상 최고의 선택은 '내 선택'이다.

그렇게 원망과 미련으로 가득 찬 삶을 산다면,
지금의 행복도 내일의 행복도 물음표로 남을 것이다.

혹여 그릇되더라도
내가 선택한 일에는 후회가 남지 않는다.
분명 타인에 의해 결정된 일은 후회가 남고,
그 후회는 평생 지워지지 않는다.
항상 최고의 선택은 '내 선택'이다.

달리는 순간이 행복하다는 91세 그녀처럼
내가 하고 싶은 일이, 또는 새로 도전하는 일이
오로지 내 행복을 위한 것이라면
고민에 대한 해답에 마침표를 찍어도 좋다.

무언가를 시작하고 도전하기에
가장 좋은 시기나 나이는 없으니까.
무엇보다 당신의 선택은 늘 옳으니까.

전부를 포기하고
떠날 용기라면

핸드폰 알림이 띠링 하고 울렸다.
힐끗 쳐다보니 인스타그램 DM(다이렉트 메시지)이었다.

"부러워요."

개발자로 일했던 첫 회사를 때려치우고
2달간 유럽여행을 다녀왔다.
그 뒤 단단히 남아 있는 여독을 풀기 위해
여행 사진만 SNS에 올리고 있었던 때였다.

SNS 속 내 모습은
내가 봐도 자유롭고 행복해 보였고 부러웠다.
메시지를 읽어 내려가니 그저 단순한 부러움의 메시지가 아니었다.
짧은 글에서 진심이 묻어나왔다.

"부러워요. 세계일주가 꿈인데,
하루에도 수십 번 고민하고… 또 고민해요.

떠나고 싶은데 안정적인 직장,
모든 것을 버리고 떠날 용기가 나지 않아요.
돌아오면 직장도 새롭게 구해야 하는데…….”

나는 그때 한창 놀고만 싶던 20대 중반이었고,
메시지 속 그는 30대 중반으로 보였다.
만난 적 없고, 길게 이야기를 나눠본 적도 없고,
이름도 성도 모르는 그에게 나는 이렇게 말했다.

“전부를 포기하고 떠날 용기라면,
돌아와서 무엇이든 할 수 있지 않을까요?”

“뒤돌아본 삶이 후회가 돼서
이젠 그 행동들, 생각을 바꿔보려구요, 조언 감사해요.”

그리고 대화는 끊겼다.
나는 잊고 지냈고, 1년 5개월이라는 시간이 흘렀다.
그리고 또다시 핸드폰 알림이 띠링 울렸다.
“저를 기억하실지 모르지만…”이라고 시작되는 메시지.
그 남자였다. DM을 확인하기까지 많이 망설였다.
‘나 때문에 모든 걸 다 망쳤다고 하소연하면 어쩌지?
무슨 일이 있으면 어쩌지?

다른 걸 포기하고도 꼭 하고 싶은 일이라면,

무모해 보이는 일이라도 용기를 내볼 만하지 않을까.

왜 다시 나를 찾지?'
조심스레 열어본 DM에는 아래와 같은 메시지가 도착해 있었다.

"일 년 동안 세계여행 잘 다녀왔어요."

세상에. 그는 꿈을 이뤘다.
세계 곳곳에서 활짝 웃는 그의 모습을 사진첩에서 엿볼 수 있었다.
한 사람의 인생을 망치지 않아 다행이었다.

그 후로 2년이 흘렀고, 나의 첫 책이 나왔다.
이번에는 책을 핑계로 내가 먼저 그에게 연락을 했다.
여전히 그는 잘 지내고 있었고, 그전보다 더 행복해 보였다.
메시지를 마무리하려던 차에 그가 나를 붙잡았다.

"참, 세계일주하고 한국 돌아온 뒤 여행 관련 강연을 했어요.
부족한 점이 많았지만 혼자 연구하고 기획하고 하다보니,
일이 잘 풀려서 지금은 대학교에서
여행 관련 교양과목을 맡아 강의하고 있어요.
사람 일이 참 재미나네요.
앞으로는 어떤 새로운 길이 열릴지 궁금해요.
그리고 혹시 학생들에게 1시간 특강을 해주실 수 있나요?"

나에게 고민을 늘어놓던 그는
불과 몇 년 후 대학교수가 되어 있었다.
그리고 내게 특강을 제안했다. 정말 사람 일 재미있다.
벚꽃이 참 예쁜 대학교 캠퍼스에서 진행했던 특강은
나의 첫 대학교 출강이 되었다.

전부를 포기하고도 떠날 용기가 있는 사람이라면
무엇이든 할 수 있는 능력이 있는 사람이 아닐까.
마찬가지로 다른 걸 포기하고도 꼭 하고 싶은 일이라면
무모해 보이는 일이라도 용기를 내볼 만하지 않을까.

후회될 때,
처음의 두근거림을 생각해봐

1인 기업의 대표는 출근하고 싶을 때 출근하고,
일하고 싶을 때 일하고, 간섭 없이 혼자 결정하며,
누군가를 설득하거나 보고하지 않아도 되는
마음 편한 직위라고 생각했다.

하지만 대표가 된다는 건
24시간 잠들지 않는 사무실을 지키는 일이었다.
눈뜨는 시간이 곧 출근시간이었고,
눈감는 시간이 곧 퇴근시간이었다.
사무실이 없는 탓에 일의 경계는 계속 허물어졌다.

방과 침대는 물론 카페나 지하철, 버스 같은 대중교통,
심지어 해외 마라톤을 나가면 그곳이 곧 사무실이 된다.
침대 위에서 책상 앞까지 이동하는 시간은 0.5초.
초반엔 하루 종일 일하고 자는 것 외에는 하지 못했다.

성공한 사람들을 제외하고 대부분의 1인 기업은 영세하다.

나도 물론 영세하다. 보이는 것과 같을 수는 없다.
혼자 사장부터 팀장, 매니저, 영업, 사원, 경리까지
주말, 휴가, 연차, 반차도 없이 일을 해야 한다.

잠시도 회사의 울타리를 떠나면 안 된다.
갓난아기를 키우는 기분이다.
먹이고, 달래고, 응원하고, 교육하고, 투자하고
그리고 독립을 하기까지.

직원을 고용하는 것은 더 어렵다.
함께 일하는 누군가가 있다면 일이 줄어들 것 같지만
또 하나의 일이 생기는 셈이다.
직원을 고용하는 것부터
회사의 가치관을 알리고, 교육하고, 다독이고,
위로하고, 격려하고, 응원하며 이끌어 나아가야 한다.

내 일이면 쉬울 줄 알았지만 녹록치 않다.
자유가 있는 만큼 책임이 따른다.
나를 바라만 보는 직원이 많으면 많아질수록 그 책임은 배가 된다.
보이는 것이 전부가 아닌 것처럼 직원은 그 사람 한 명이 아니다.
그 직원과 관계를 맺고 있는
배우자, 자녀, 가족, 친구 모두가 책임져야 할 대상이다.

사람을 다루는 일에 미숙하다보면
직원이 있어도 결국 일은 내 몫이 된다.
월급날은 또 어찌나 빨리 돌아오는지,
이제 겨우 돈을 모은 것 같은데,
월급날이 지나면 결국 또 제자리걸음이다.

하지만 수입이 불규칙한 금전적인 부분을 떠나서
혼자 일하며 정작 힘든 것은 따로 있다.
바로 혼자 일하면서 겪는
또 다른 불안함과 외로움이다.
혼자가 편해 대표가 되었지만 혼자이기에 겪는 두려움이다.

내가 하고 있는 일들은 전례가 있는 것도,
비슷한 직업이 있는 것도 아니어서 더 혼란스러운 감정을 느낀다.

'내가 가고자 하는 방향이 이 일과 올바른 방향일까?'
'내가 굳게 지키고 있는 이 신념은 맞는 걸까?'

원초적인 고민에 빠져들기도 한다.
그런 멜랑꼴리한 기분이 들 때면,
처음 가졌던 신념을 생각한다.

혼자 일하기로 마음먹었다면,

혹은 무언가 도전중이라면,

결정한 것이 맞는지 의문이 든다면,

결정한 일에 대한 처음의 두근거림을 생각해보길 바란다.

"건강한 달리기 문화를 더 많은 사람들과 공유하자!"
"한번 사는 인생, 회사를 마케팅하기보다는 나 자신을 마케팅하자!
그러기 위해 퇴사했잖아?"

내가 처음 하고자 했던 두근거림을 떠올리고,
'러닝 전도사'라는 직업으로 나 자신을 소개했을 때의
초심과 신념을 다시금 생각해보면
내비게이션이 올바른 길을 재탐색하듯
내 안의 중심이 흐트러지지 않고
'번뜩' 정신이 차려지면서 다시 달려나가는 기분이 든다.

혼자 일하기로 마음먹었다면, 혹은 무언가 도전중이라면,
결정한 것이 맞는지 의문이 든다면,
결정한 일에 대한 처음의 그 두근거림을 생각해보길 바란다.

돈과 무관한 시간을
견딜 수 있다면

하비프러너hobby-preneur라는 신조어가 뜨고 있다.
'취미를 직업으로 만든 사람들'이라는 뜻으로
언젠가 한 다큐멘터리에서 하비프러너에 대해 다룬 적이 있다.

"그래, 회사에서 스트레스 받으며
퇴사할지 고민할 바에는
좋아하는 일하며! 돈도 벌고! 즐겁게! 살 수 있지 않을까?"

취업하기 힘든 세상에서 작은 위로의 말처럼 들린다.

최근 덕후 문화가 사회 전반으로 확산되면서
덕후들이 새로운 전문가로 대접받고 있다.
멀게만 느껴졌던 교수나 스타보다는
덕후들의 친밀감과 그들만의 소통방식이
그들을 더 추종하게 만든다.

단순한 관심에서 시작해 취미가 되었고,

취미는 곧 전문가 수준으로 발전하고,

그것이 또 다른 제2의 직업이 된 것이다.

좋아하는 화장품을 사업으로 만드는 사람,

강아지를 좋아해서 강아지 간식 사업을 하는 사람 등등,

취미가 곧 직업이 되는 시대다.

나 또한 하비프러너 중 한 명이다.

어느새 러닝이라는 취미를 직업으로 만들어낸

'특이한' 사람이 되어 있었다.

하비프러너에게는 5가지 공통된 특징이 있다.

첫째, '몰입'할 취미.

둘째, 취미를 '전문가 수준'으로 업그레이드하기.

셋째, 능숙한 '마케팅'.

넷째, 한 가지로 내 일을 한정 짓지 않기.

마지막으로 취미를 직업으로 만든 사람들은 '인내심'이 많았다.

처음 대기업에 사표를 던지고는

한 달에 20만 원으로 간신히 생계를 이어갔다.

이것마저 10만 원은 교통비,

남은 10만 원은 통신비로 사용하면

주머니 속에는 영수증 쪼가리도 남지 않았다.

하고 싶은 일을 하기 위해서는

무엇보다 소득과 무관한 긴 시간을 견딜 수 있어야 한다.

하루아침에 성공할 거라는 생각보다는

처음부터 장거리 싸움이라 생각하며 버티는 의지가

꿈과 더 가까워질 수 있다.

그렇게 추운 겨울을 버텼다.

하고 싶은 일을 하기 위해서
무엇보다 소득과 무관한 긴 시간을 견딜 수 있어야 한다.
하루아침에 성공할 거라는 생각보다는
처음부터 장거리 싸움이라 생각하며 버티는 의지가
꿈과 더 가까워질 수 있다.

경쟁이 치열할수록 열심히 하는 사람보다
즐기는 사람이 이길 확률이 높으니
다시 오지 않을 그 순간 자체를 즐기면 더할 나위 없다.

남들이 가지 않은 길을 개척하는 용기와
좋아하는 것에 모든 것을 쏟아 부을 수 있는 열정,
그리고 주변에 흔들리지 않고 묵묵히 나아갈 수 있는 끈기를 갖고 있다면
어느새 성공한 덕후가 되어 있을 것이다.

덕후는 더 이상 쓸모없는 일에 시간을 낭비하는 사람을 지칭하는
부정적인 단어가 아니다.
좋아하는 분야에 몰두해, 좋아하는 일을 하는
진정한 고수다.

꼴등보다
포기하지 않는 게 중요해

하루 종일 나와 함께 달려주느라 고생한 발을 위해
신발을 벗고, 슬리퍼 위에 발을 턱 하니 올려 찬바람을 쐬주고 있었다.
동시에 한국에서 가져온 전투식량에 물을 붓고
무슨 맛인지도 모를 그저 짭조름한 음식을
허겁지겁 입 안으로 밀어놓고 있었다.

얼굴에 밥풀이 묻든,
입술에서 짭조름한 소금맛이 느껴지든 중요하지 않았다.
그저 250킬로미터의 사막 마라톤 달리기 중
오늘도 무사히 40킬로미터를 달렸고,
부상 없이 해가 지기 전에 베이스캠프로 돌아와
편히 식사를 할 수 있다는 것만으로도 행복했다.
발가락 사이사이에서 느껴지는 따끔한 고통쯤은 견딜 만했다.

그때 왼쪽 귀의 세포를 움찔하게 하는 명랑한 종소리가 울렸다.
대회 스텝이 까랑까랑한 목소리로 크게 외쳤다.

"Last Runner is comming!!"

마지막 러너가 도착한다는 소리였다.
몽골 고비 사막 마라톤 250킬로미터는
정확하게 100명의 선수가 참가했다.
세계 각국에서 모였고, 성별과 나이, 국적, 외모, 참가 동기 모두 달랐다.

하루에 달려야 하는 거리가 정해져 있고(보통 40킬로미터 전후)
제한시간 안에 베이스캠프에 도착해야 한다.
그래야 다음 날의 스테이지에도 도전할 수 있다.
물론 제한시간이 넉넉해서 빨리 걸으면 완주할 수 있다.

저마다의 속도가 다르기에
빨리 달리는 선수는 낮 12시,
그리고 보통은 오후 3시에 가장 많은 선수들이 도착한다.
뒤처지는 분들은 대부분 5시 전후로 베이스캠프에 도착한다.

맑은 종소리가 들리는 방향으로 나도 시선을 따라 옮겼다.
그때 놀라운 광경이 펼쳐졌다.
다들 허기진 배를 부여잡고 식사를 하거나,
다친 곳을 치료하거나 혹은 텐트에서 휴식을 취하는 등
저마다 개인 정비 시간을 갖고 있었다.

그런데 누가 시키지도 않았는데,
모두 종소리가 들리자마자 몸이 절로 반응하는 것마냥
그 자리에서 일어나 마지막 러너를 반겨주기 위해
피니시 라인으로 향하는 것이 아닌가.

어떤 이는 먹던 밥그릇을 그대로 들고 일어나 오물오물하며,
또 어떤 이는 아픈 다리를 절룩거리며,
또 어떤 이는 이미 100킬로미터를 넘게 달려왔지만
마지막 러너를 반겨주기 위해 버선발로 달려나가고 있었다.
그 광경에 이끌려 나도 모르게
부은 발을 슬리퍼에 구겨 넣고 절룩거리며 피니시 라인으로 갔다.

눈앞에서 오늘의 꼴등이 걸어오고 있었다.
분명 100명 중에 꼴등이고,
대회에서 가장 달리기를 못한 사람이지만
나머지 99명의 선수들이 버선발로 나와 박수와 환호성을 보내고 있었다.

1등만 박수를 받는 세상에서 자라고
1등만 기억한다는 세상에서 배운 나는 굉장한 문화충격이었다.

어떤 이들은 코끝이 빨개지면서 눈가가 촉촉해졌고,
또 어떤 이들은 흐르는 눈물을

레이스는 1등, 2등, 3등,

그리고 100등이라는 등수가 아니라

'포기하는 자'와

'끝까지 포기하지 않는 자'로 나뉜다.

먼지투성이인 바짓가랑이에 스윽 하고 닦아내고 있었다.
그 자리에 서서 박수를 치던 99명의 사람들은
이미 모든 것을 알고 있었다.

레이스는 1등, 2등, 3등,
그리고 100등이라는 등수가 아니라
'포기하는 자'와 '끝까지 포기하지 않는 자'로 나뉜다는 인생의 진리를.
그녀는 꼴등이 아니라
마지막까지 포기하지 않은 선수였고, 완주자였다.

그날 이후로 사실 나는 가끔 일부러 꼴등을 한다.
어차피 1등 하지 못할 거라면 대신 꼴등을 선택한다.

꼴등만이 누릴 수 있는 특권.
꼴등만이 받을 수 있는 박수.
꼴등이어도 괜찮다는 마음.

누가 뭐래도 끝까지 최선을 다했기 때문이다.

우리는 계속
넘어지는 법을 배우는 중이야

어쩌면 우리 삶에 '성공'이라는 단어는 존재하지 않을 수 있다.
오늘 성공해도 내일 실패할 수 있고,
성공한 줄로만 알았던 일들이 사실 실수투성이일 수도 있다.

때론 나에게는 성공이지만
누군가에게는 좌절이 될 수도 있다.
결과만 있을 뿐 성공의 유무는 어디에도 없다.

그렇기에 성공과 실패라고 불리는 수많은 결과 안에서
의미를 찾으면 된다.
돈을 잃었다면 비싼 수업료를 지불한 것이고,
시간을 잃었다면 안 되는 방법을 터득한 것이고,
사람을 잃었다면 나의 신념을 지켜낸 것이다.

플랜 A가 실패하면
곧바로 플랜 B로 돌입하면 된다.
플랜 B도 어찌되었건 플랜이다.

씨앗을 뿌려 열매를 맺으려면 시간이 필요하다.
씨앗을 심고 바로 열매를 맺는 일은 있을 수 없고,
심지어 그렇다 하더라도 달지 않다.

지금은 눈에 보이는 성공이 없다 하더라도
뿌려둔 씨앗이 많으면 언젠가 시간이 지난 후,
내가 좋아하는 일의 열매로 하나둘 맺어 있지 않을까.

지금 눈앞에 보이는 결과가 좋지 않을 수 있다.
우리는 계속 넘어지는 법을 배우는 중이다.
하지만 잘 넘어지고, 잘 일어서는 법을 배우다보면
나도 모르는 사이 원하던 곳에 닿아 있을 것이다.

넘어지지 않으려 안간힘을 쓰면

힘만 빠지고 더 쉽게 넘어진다.

힘들면
언제든 멈춰도 괜찮아

'잘해'라는 말보다 '잘하지 않아도 괜찮아',
'울지 마'라는 말보다 '울어도 돼',
'열심히 해'라는 말보다 '힘들면 멈춰도 돼'라는 말이
더 큰 위로가 될 때가 있다.

대기업을 퇴사하고,
고정적인 수입 없이 통장에 찍히는 금액이 들쭉날쭉했다.
4대 보험 통지서가 집으로 날아오지 않은 지 1년,
첫 퇴사 기념일이 되었을 때 자축했다.

"일 년 동안 무사히 지나가게 해주셔서 감사합니다.
다시 회사로 돌아가지 않게 해주셔서
정말정말 진심으로 감사합니다."

직장인일 때보다 퇴사 이후 행복지수는 월등히 높아졌다.
더 잘하고 싶은 마음에
내가 나에게 주는 건강한 스트레스는 있지만

타인으로부터 방어도 못한 채 불쑥 받는 스트레스가 사라졌다.
하지만 그렇다고 해서 워라벨이 좋아진 건 아니었다.

퇴사 후, 번듯하게 더 잘 살아보겠다는 의지로
정말 열심히 달려왔다.
대표도 나, 과장도 나, 대리도 나, 사원도 나, 경리도 나였다.
모든 것을 혼자서 책임지고 결정해야 했기에
더 열심히 달렸다.

안정적일 수 없다는 계속되는 불안감에
퇴사하고 나서도 단 하루를 쉬지 못했다.
일어나고 싶을 때 일어나고, 잠들고 싶을 때 잠들고,
일하고 싶을 때 일하는 것이 프리랜서의 삶 아니냐고? 천만에.

프리랜서란 눈을 뜨는 순간이 출근이고,
눈을 감는 순간이 퇴근이다.
아침 9시부터 밤 12시까지 18시간을 꼬박 일했다.
주말도 물론 그렇게 달려왔다.
그렇게 달려야지만 다른 이들과 함께 경쟁할 수 있었다.

멈추는 순간엔 바로 낙오할 거라고 생각했다.
어쩌면 멈추는 방법을 몰랐을지도 모른다.

하지만 뭐든 지나치면 몸과 마음이 지치는 순간이 오는데,
그때 나의 마음을 붙잡아주고,
되레 포기할 수 없게 만드는 말이 있다.

250킬로미터의 사막 마라톤을 달리면서
많은 응원 사이에서 가장 눈에 띄는 말,

"정은 씨, 힘들면 그만 달려도 괜찮아요.
지금 그대로 충분해요."

처음으로 들어보는 '못해도 괜찮다'는 말이었다.

그동안 선생님, 부모님, 친구, 선배, 코치님을 통해
수도 없이 파이팅이라는 말을 들으면서 달려왔다.
물론 아무 응원도 듣지 못하는 것보다는 100배 좋은 말이지만
아무리 몸에 좋은 약도 자주 먹으면 그에 내성이 생기듯이
응원의 힘에도 내성이 생긴다.

힘들면 멈춰도 된다는 말은
할 수 있다는 말보다 오히려 더 큰 울림을 주었다.
진정으로 위로 받은 느낌이랄까.
드디어 내 마음을 알아주는 사람이 생긴 것 같다.

'잘해'라는 말보다 '잘하지 않아도 괜찮아',

'울지 마'라는 말보다 '울어도 돼',

'열심히 해'라는 말보다 '힘들면 멈춰도 돼'라는 말이

더 큰 위로가 될 때가 있다.

나는 울보가 맞지만 그 말을 듣고 울지 않을 수 없었다.

"아… 나는 포기하지 말아야겠다. 포기하면 안 되겠구나…….'

오히려 마음을 더욱 굳게 먹고
한 발, 한 발 앞을 향해 발을 내딛을 수 있었다.

요즘 사람들은 펭수의 말에
큰 위로와 공감을 받는다고 한다.
'힘내세요'라는 말보다는
'사랑해'라는 말을 해주고 싶다는 펭수처럼,
용기와 자신감을 얻고 싶기보다는
우린 여전히 어린아이처럼 위로와 공감을 받고 싶은 존재가 아닐까.

힘들면 멈춰도 된다는 말 덕분에
오히려 힘들 때 멈추지 않고 계속 달릴 수 있었다.
그래서 그때의 나처럼 힘든 사람들에게 말해주고 싶다.

당신도 얼마든지 힘들면 멈춰도 되고,
그늘 아래 잠시 쉬었다 가도 되고,
바람을 쐬며 흘린 땀을 식혀도 괜찮다고.

"지금 모습 그대로도 충분히 잘했다고."

아직도 퇴사하는 중이야

다행히도 아직까지는 지금 나의 8번째 직업이 좋아.
사람들을 만나고, 함께 달리고, 때로는 홀로 달리고.
이러한 일들은 나를 더욱 나답게 만드는 것 같아.
나를 존재하게 하고 끊임없이 나를 증명하도록 만들어.

지금은 행복하지만 언젠가는 이 직업을 퇴사할 날이
또 올지도 모르겠어.
새로운 즐거움을 찾아 떠나게 될 수도 있고 말이야.
그날이 두렵기보다 새로워진 나는 어떤 모습일지 약간 설레어.

"인생은 마라톤일까?"

나는 인생이 마라톤이라 생각하지 않아.
내가 수없이 달려온 길들과 수없이 지나온 포인트들은

모두 터닝 포인트였고,
그것들이 모여 지금의 내가 되었다고 생각하거든.

단 하나의 터닝 포인트는 존재하지 않아.
설령 그것이 괴로움이었어도
어느 하나 소중하지 않은 포인트는 없었어.
매 순간순간들의 점과 선이 연결되어
지금의 내가 된 거니까.

나는 지금도 8번째 퇴사를 꿈꿔.
그 다음의 나는 또 어떤 내가 될지 나도 모르겠어.
그 사이에서 균형을 잃지 않고 나아가려고 해.

균형이 망가진 신발 안에서도
우리의 발은 몸의 균형을 맞추기 위해
좁은 신발 틈에서 이리저리 발을 맞춰.
때론 물집이 생기기도 하지만 동시에 균형은 맞추어지지.

누가 정한 마라톤 코스대로 달리는 삶 아니냐구?
아니, 내 코스는 내가 정해.

때론 뛰어넘기도 하고, 또 뛰어내리기도 하면서
내가 자신 있고 좋아하는 길을 달리는 거 어때?

누가 뭐래도 네가 생각한 그 길이 옳은 길이야.
그 길은 스스로 만들어 나가면 되는 거야!

이제부터가 진짜 시작이야!

작고 초라해질 때면 이런 생각을 해.

'인생이 42.195킬로미터라는 풀코스라면,
나는 지금 몇 킬로미터 지점을 달리고 있을까?'
반절 가까이 달렸다고 생각하면 왠지 곧바로 힘들 것 같고.
그래! 방금 신발 끈을 묶은 걸로 하자.
막 출발선에 섰고 이제부터가 진짜 시작이야.'

이렇게 생각하면 왠지 모르게
열심히 달려나갈 수 있을 것만 같은 기분이 들어.

이 책은 불확실한 미래 때문에
그때의 나처럼 힘든 너에게 건네는 편지이기도 하지만,
과거의 나에게 이제야 건네는 사과의 편지이기도 해.

과거를 꺼내기 참 괴로웠어.

뭔가 나를 온전히 들키는 기분이 들거든.

하지만 과거로 기억을 옮기고,

글로 정리하고,

결론을 짓는 과정을 통해

상처받았던 과거를 치유 받는 느낌이야.

이 책이 삶의 정답만 담긴 교과서보다는

여러 번 들춰보고 커닝할 수 있는 오답노트 같은 책이면 좋겠어.

마지막 페이지를 덮는다 해도

아마 장애물은 어김없이 찾아오겠지만,

그 장애물을 웃으며 뛰어넘을 수 있는

마음의 면역력이 길러지길 바랄게.

조금 더 유연하게 넘어설 수 있기를 진심으로 바랄게.

그때의 너만큼 힘들었던,
안정은

오늘도 좋아하는 일을 하는 중이야

초판 1쇄 발행 2020년 8월 21일
초판 2쇄 발행 2020년 10월 28일

지은이 안정은

펴낸이 박세현
펴낸곳 서랍의 날씨

기획 편집 윤수진 정예은
디자인 이새봄
마케팅 전창열

주소 (우)14557 경기도 부천시 부천로 198번길 18, 202동 1104호
전화 070-8821-4312 | **팩스** 02-6008-4318
이메일 fandombooks@naver.com
블로그 http://blog.naver.com/fandombooks

출판등록 2009년 7월 9일(제2018-000046호)

ISBN 979-11-6169-126-8 (03810)

서랍의날씨는 팬덤북스의 가정/육아, 에세이 브랜드입니다.

돈과 금융 쫌 아는 10대

차곡차곡 모으고 슬금슬금 불리는 법

석혜원 글 신병근 그림